虚飾の舞

目安番こって牛征史郎3

早見 俊

時代小説

二見時代小説文庫

虚飾の舞——目安番こって牛征史郎3

目　次

第一章　餅大食い大会

一

宝暦二年（一七五二年）の新春を迎え、花輪征史郎《はなわせいしろう》は例年になく気合いをみなぎらせ、剣術の稽古にいそしんでいる。

下谷山崎町《したややまざきちょう》一丁目にある無外流《むがい》坂上弥太郎《さかがみやたろう》道場だ。三百坪ほどの敷地に板塀が巡り、道場と弥太郎の家族が住む母屋、使用人達が住む長屋がある。道場は木戸門を入って右手、瓦葺屋根の五十帖ほどの板敷だった。

征史郎は坂上道場で師範代のような立場である。

のような、とは道場主弥太郎からも門弟達からも、師範代に望まれているのだが、堅苦しいことが大嫌い、気が向いた時に道場で汗を流したい、という本人の願いでその座には就《つ》かないでいる。

師範代ではないのだが、その卓越した剣の腕により、時折門弟達の指導に当たっていた。

「だめだ、だめだ、気合いが足りんぞ」

六尺（約一八二センチ）、三十貫（約一一二キロ）という大男が道場で叱咤する姿は、異常な迫力となって門弟達を威圧する。征史郎の気合い一つで門弟達は木刀を振るう手に嫌でも力が入った。

花輪征史郎、二十六歳。直参旗本千石花輪家の次男坊である。十歳年上の兄征一郎《せいいちろう》は公儀御目付の要職を務めるが、次男坊で部屋住みの身とあってはこれといった務めなどない日々を送っている。

征史郎は太い首に汗をしたたらせ、道場内を叱咤して歩いた。回りながら、門弟達に声をかけ長所を誉め上げる。充実した時が過ぎ、正月の二日ということで昼過ぎに稽古は終了した。

稽古が終わり、征史郎は母屋に入ると、まずは奥の仏間に向かった。黒檀の仏壇の前に座り両手を合わせる。

「先生、明けましておめでとうございます」
征史郎はまず亡き恩師坂上弥兵衛《やへえ》に新年のあいさつをした。それから、目を瞑《つむ》り生前の弥兵衛を思い浮かべる。弥兵衛は剣だけでなく、人生の師であった。

征史郎は十歳で入門し、日に日に剣術の腕を向上させた。二十歳を迎える頃には道場でも三本の指に数えられるほどの腕となった。ところが、腕に慢心した征史郎は、出世にこだわる兄への反発心から、部屋住み仲間と徒党を組んで、無頼の徒へと身を落とした。岡場所を徘徊し、酒に酔っては乱暴を働くようになったのだ。

そんな、すさんだ暮らしをしていても征史郎の剣は道場では無敵だった。それが征史郎をますます増長させる。弥兵衛は、剣の修練を通じて征史郎を更生することにした。

朝から晩まで、組太刀稽古を行い、征史郎は弥兵衛に叩きのめされた。若さみなぎる征史郎が六十の齢《よわい》を重ねる老剣客によって完膚なきまでに叩きのめされたのである。征史郎との激しい稽古が終わっても、息一つ乱さない弥兵衛の姿を目の当たりにして、己の剣がいかに不完全なものであったか、いかに、慢心に満ちた剣であるかを思い知らされた。両手をつき、おのが行状を改めるからと、教えを請う征史郎に弥兵衛は剣の修練とは、同時に精神の修練であることを諭《さと》した。征史郎にとって、弥兵衛は剣の師から人生の師となったのである。

征史郎は師との日々を回想し、目に決意の炎を燃え上がらせた。

「先生、海野《うんの》殿が試合を申し込んできました。絶対勝ちます。坂上道場の看板にかけて、絶対に」

征史郎は弥兵衛の位牌に深々と頭を垂れた。

海野殿とは昨年の六月まで師範代を務めていた海野玄次郎《げんじろう》である。玄次郎は弥兵衛の一周忌法要がすむと、多くの門弟を引き連れて独立した。折から、道場を増築した坂上道場は莫大な借財を抱えたうえに、門弟数が激減したことで台所事情が悪化した。

その原因を作った玄次郎は、将軍徳川家重《いえしげ》の弟田安宗武《たやすむねたけ》の剣術指南役に取り立てられ、坂上道場に対抗試合を申し込んできたのだ。征史郎が例年にない気合いをみなぎらせているのは、こうした事情があった。

襖越しに足音がし、

「征史郎さま、準備が整いました」

早苗《さなえ》の声がした。弥太郎の妹である。

「分かりました。まいります」

征史郎は立ち上がり、早苗について居間に向かった。

居間は庭に面した十帖間だ。障子が開け放たれ、新春のやわらかな陽差しが縁側を温めている。征史郎は裸足でその温もりを味わいながら居間に入った。既に、弥太郎が待っていて、膳が並べられている。おせち料理の他、鯛もある。もちろん、お屠蘇もあった。

「征史郎殿、お疲れさまです」

弥太郎は笑顔を向けてきた。

「いや、なんの、これからでござるよ」

征史郎は気合いを入れるように胸をぽんと叩いてみせる。

「まずは、一献」

弥太郎が銚子を掲げた。征史郎は受ける。

「では、早苗殿も」

今度は征史郎が銚子を持ち、早苗に向けた。早苗はためらうような素振りを示したが、正月ではないかという弥太郎の言葉に押されるように、

「では、一杯だけ」

杯を両手で掲げた。

「本年もよろしくお願い申し上げます」

弥太郎の音頭で三人は杯を傾けた。

「弥太郎殿、とにかく、負けるわけにはいきません」

征史郎は決意を新たに口にした。

「どうぞ、召し上がってください」

早苗は料理の膳を指し示した。

「いただきます」

征史郎は栗きんとんに箸をつけた。早苗は立ち上がり、雑煮を持って来た。

「たくさん、召し上がってくださいね」

匂い立つような笑顔を向けられ、胸が喜びで温かくなる。大きな椀によそわれた雑煮は鰹の風味のする醤油仕立てだ。餅を蒲鉾と椎茸が囲み、見ているだけで口中が生唾で満たされる。

「いただきます」

征史郎は一気呵成《かせい》に餅を食べる。口の中に、じんわりと旨《うま》みが広がる。そんな、征史郎の様子を見て早苗は目を細めた。

「毎年、お餅が少なくて申しわけないと思いましたので、今年は、不足にならないよう、たくさん作りました」

「それは、かたじけない」

征史郎は餅で口を満たしながら、くぐもった声で軽く頭を下げる。

「遠慮なさらず、召し上がってくださいね」

征史郎はすごい勢いで雑煮を食べ始めた。弥太郎も早苗もうれしそうな顔を向けてくる。征史郎は早苗に勧められるまま、次々と雑煮を平らげた。餅二十個を平らげたところで、

「もう、十分です」

椀を膳に置いた。

「もう、よろしいので」

「征史郎殿、遠慮なさらずに」

早苗も弥太郎も気づかうような目を向けてくる。

「いや、もう十分なのです」

征史郎は返した。内心、しまったと思っている。実は、これから餅の大食い大会が待っているのだ。早苗の笑顔を見て、迂闊《うかつ》にもそのことを忘れていた。

「どこか、お悪いのでは」

そうとは知らない早苗は気づかってくれる。

「いや、どこも悪くはござらん。少々用事を思い出したのです」

「用事ですか。それは、無理にお引き止めするわけにはまいりませんな」

弥太郎も箸を置いた。

「また、稽古にまいります。海野殿との試合の日時と場所が決まりましたなら、ご連絡ください」

征史郎は立ち上がった。

二

征史郎は道場を出ると、浅草新寺町《あさくさしんてらまち》通りを浅草寺《せんそうじ》に向け足を速めた。道の両側には寺の築地塀《ついじべい》が連なっている。不如帰《ほととぎす》の鳴き声が長閑《のどか》な昼下がりだ。往来は参拝に向かう人々の楽しそうな声で満ち満ちていた。

餅の大食い大会は浅草寺の裏手奥山《おくやま》と呼ばれる歓楽街で行われる。あと、一時（二時間）ほど後だった。

それにしても、少々調子に乗って食べ過ぎてしまった。いくらなんでも二十個も食べることはなかったのだ。しかし、今さら嘆いてもしょうがない。

征史郎は気を取り直し、足を速める。すると、清水寺の山門から一人の男が立ち塞《ふさ》がるように現れた。

「海野殿」

征史郎も立ち止まる。

海野玄次郎は仕立ての良い空色の小袖に仙台平《せんだいひら》の袴、薄紫の羽織を身につけ、颯爽《さっそう》とした様子で征史郎に歩み寄って来た。月代《さかやき》をきれいに剃りあげ、髷《まげ》も整えている。長身の痩せた体軀に目鼻立ちの整ったやや神経質そうな顔の男だ。

「征史郎、話は弥太郎殿から聞いておろうな」

「はい。対抗試合ですな」

「うむ。当然ながら、手加減はせん」

「望むところ」

征史郎はニヤリとした。

「今日は正月だ。久しぶりに稽古をつけてやろう」

玄次郎が言うと、背後から小者風の男が出てきた。木刀を二本持っている。大柄な武士が立ち話をしている様子に特別注意を向けてくる者はいない。みな、正月を楽しんでいるのだ。子供を連れた家族連れ、仲の良さそうな夫婦連れ、あるいは独り身の男同士が華やいだ顔で行き来していた。

「稽古ですか」

征史郎は玄次郎の傲慢な物言いに腹が立ったが、怒りをぐっと飲み込んだ。

「そうだ」

玄次郎は横柄《おうへい》に胸をそらす。

「そうですな、では、一番お手合わせねがいますか」

征史郎は餅の大食い大会のための腹ごなしになると、気持ちを切り替えた。それに、久しぶりに手合わせすることで、玄次郎の腕をたしかめられる。田安宰相宗武の剣術指南となり、どれほど腕を上げたのか。

(みてやろうじゃないか)

征史郎は小者から木刀を受け取った。

「では」

玄次郎は周囲を見回し、清水寺の右手にある空き地を指差した。征史郎はうなずくと、二人は無言で空き地に入った。旗本屋敷であったのが、火事にでもなったのであろう。今では、三百坪ほどの敷地に大きな杉の木のみが青空に向かって屹立している。あとは、一面の草むらだった。

二人は空き地の真ん中に立ち、羽織を脱いで刀の下げ緒で襷《たすき》がけにする。玄次郎は丁寧に羽織を折り畳み小者に手渡した。小者は征史郎を気づかうような顔をした。

「かまわん」

征史郎は言うや、脱いだ羽織を草むらに放り投げた。羽織は黄色い花を咲かせているたんぽぽの上にふわりと落ちる。

二人は木刀を手に対峙した。

初春の透き通るような風が草むらを揺らす。鴬の鳴き声がした。往来からは、人々の声、お囃子《はやし》の音、獅子舞の声が賑やかに聞こえてくる。だが、そんな正月気分は今の二人にはない。真剣を持っているのではないにもかかわらず、二人の目には燃え上がらんばかりの炎が立ち上っていた。

三間（五・四メートル）ほどの距離を取って、相正眼に構えた。背丈は征史郎がわずかに高いが、玄次郎とて見劣りするほどではない。大地にすっくと立つ二人は、征史郎が杉の大木なら玄次郎は柳のようだ。が、決して弱々しさは感じさせず、しなやかな流麗さを発散させていた。

「とう！」

玄次郎が動いた。

大きく踏み込んで来て、流れるように木刀を横に一閃させる。征史郎は一歩も動かず木刀を横に振り払った。木刀がぶつかり合う鋭い音が響き渡った。玄次郎はさっと後ろに引き、一旦呼吸を整えたのち、再び征史郎の懐に飛び込んで来た。

今度は立て続けに上段から激しく振り下ろす。征史郎は玄次郎の太刀筋を見極め、微動だにしないで受ける。

玄次郎は再び背後に引き、

「どうした、臆したか。仕掛けてまいれ」

征史郎は正眼に構えたまま大地に根を生やした巨木のように動かない。

挑発するように両手を広げた。

「ふん」

玄次郎は木刀を置いた。征史郎も置く。

「征史郎、おまえ、いつから受けに徹するようになった。以前のおまえなら、しゃかりきになって打ち込んで来たに。まだ、守りに入るは早いぞ」

玄次郎は小者から羽織を受け取った。征史郎も羽織を拾い上げぱらぱらと汚れを払う。

「守りに徹しておるわけではござらん」

「なんじゃと」

玄次郎は口を曲げた。

「相手に合わせるようにしてござる」

「どういうことじゃ」

「海野殿は、本日は少々、力んでおられた」

征史郎に言われ、玄次郎は言葉を詰まらせた。

「思うに、田安宰相さまの剣術指南役となられた実力を、わたしに見せつけようとお考えになられたのでしょう」

「そうか、そう見たか」

玄次郎は皮肉に口元を歪めた。

「いや、生意気申しました。正直申しまして、海野殿の一撃、一々堪えました。両手にしびれが残っております」

征史郎は両手を振って笑った。牛のようにやさしげな目がきらきらと輝く。玄次郎は一瞬、その瞳に魅入られたように視線を向けてきた。

「征史郎、おまえ、うちの道場に来ぬか。師範代にしてやる。そのほうの家は直参だ。田安卿のお口添えを願えば、良き縁談にも恵まれよう」

「お断り申し上げる」

征史郎はきっぱりと返した。

「断ると思ったわ。先生への義理か、それとも」

玄次郎は一旦言葉を区切り、思わせぶりにニヤリとした。征史郎は口をへの字にして玄次郎の言葉を待ちうける。が、言わんとしていることは分かる。分かるだけに、玄次郎の思わせぶりなその態度が、なんとも厭味に思える。

「それとも、早苗殿か。おまえ、早苗殿に懸想《けそう》して、早苗殿のためにせっせと小金を運んでおるそうではないか」

案の定だ。痛いところを突かれ征史郎は唇を嚙みしめた。

「図星のようだな」

「違います」

征史郎は剣を跳ね返すような鋭い声を上げた。

「そうかな」

玄次郎はニヤニヤしている。

「わたしが、道場の借財返済のお手伝いをしておるは、亡き先生のため、弥太郎殿のため、もちろん、早苗殿のためもござる。しかし、懸想してということではない。道場のためなのです。第一、借財の原因を作ったのは師範代であった海野殿が多数の門弟を連れて行かれたことでござろう」

征史郎は話しているうちに、玄次郎への腹立たしさが込み上げた。

「おれが坂上先生の道場を去ったのは、自分の剣を確立したかったからだ。門弟達もおれについて来てくれたのだ。おれが引き連れて行ったわけではない」

「ものは言いようですな。あなたは道場を継げなかったことが気に入らなくて飛び出したのでしょ」

「なにを！」

玄次郎の端正な顔が醜く歪んだ。

「ともかく、試合は正々堂々行いたいと存ずる」

「おまえはいい。直参旗本の家に生まれた。おれは違う。上州浪人の息子だ。身を立てるは、剣しかない。おれにとって、剣は世に出る手段だ」

玄次郎は表情を落ち着かせた。

「人それぞれでしょうが、わたしが先生から学んだ剣は違う。出世や職を得るための手段ではない。人生の修練です」

「ふん、さすがは直参のお坊っちゃまだ。ご立派なことを申されるわ。いや、はっきり言おう。征史郎、青臭いこと申すな」

玄次郎は吐き捨てた。

「なんと言われようと、それがわたしの剣。そして、坂上道場の剣と思います」

征史郎はきっぱりと言った。玄次郎はしばらく無言で睨んできたが、

「ま、いいだろう。今は他人の道場だ。それより、早苗殿、縁談はどうなっておる。いや、おまえが懸想しているのとは別に、縁談の話は出ておるのか」

「さあ、存じません」

征史郎は口ごもった。実際、その辺の話となると全く知らない。だが、考えてみれば、早苗も年頃である。おまけに、あの美貌だ。縁談の一つ、二つあってもおかしくはない。

そう思うと、征史郎の胸は騒いだ。

「ま、いい。ではな」

玄次郎は踵《きびす》を返すと足早に立ち去った。

征史郎は呆然とその後ろ姿を見送った。

三

征史郎は浅草寺の裏手奥山にやって来た。

正月の華やいだ空気が漂い、大勢の参詣客が群がっている。葦簀《よしず》張りの床店、菰掛《こも》けの見世物小屋、大道芸が競うように人を呼び込んでいる。征史郎は人々の群れの中を流れに任せて歩いて行く。

群れの中にあっても頭一つ抜けた征史郎の姿は、当然ながら目立ち、たちまちにして、

「若、こって牛の若」

人混みの中をかき分けながら一人の男がやって来た。頭を丸め、派手な小紋の着物、色違いの羽織に雪駄《せった》履き、という、見るからに幇間《たいこもち》という男だ。

「おお、久蔵《きゅうぞう》、待たせたな」

征史郎は鷹揚に声をかけた。

「初大食いでげす。頼みますよ」

久蔵は扇子をひらひらとさせた。

「集まってるか」

征史郎が聞いているのは賭け金である。優勝者を当てる賭けが行われているのだ。

「ええ、それは、もう。正月ですしね、ずいぶんと、ご祝儀もいただきました。ですから、頼みますよ」

久蔵は征史郎の腹を叩いた。

「まあ、任せろ」

征史郎は言ったが、今になって早苗にご馳走された雑煮が腹に堪《こた》える。おまけに、玄次郎から言われた早苗の縁談のことがどうも気になる。肉体的にも精神的にも満腹状態となっているのだ。

玄次郎が早苗の縁談を気にしている理由を征史郎は知っている。

弥兵衛の生前、玄次郎は弥兵衛に早苗を娶《めと》りたいと申し出たのだ。玄次郎は早苗に惚れていた。それに加え、早苗を妻とすることにより、坂上道場の後継者の地位を手に入れようと考えたのだ。

弥兵衛は玄次郎の剣の腕は認めていた。しかし、その、あまりに出世主義的、打算的な生き方、剣を己の出世の道具にしかみなさない姿勢に、不満を抱いていた。しかし、縁談というのはあくまでも本人の気持ちを優先させたいと考え、早苗に打診した。

早苗がその気になれば、道場を継がせることはともかく、夫婦となることに異を唱える気持ちはなかった。

ところが、早苗はきっぱりと断った。理由は述べなかったが、早苗も玄次郎という男が気に入らなかったようだ。当時、弥太郎から玄次郎が弥兵衛に早苗を娶りたいと申し出てきたことを聞いた征史郎は胸が騒いだ。

が、早苗が断ったと聞くに及び、安堵の気持ちになった。

玄次郎は尚も諦めきれず、早苗に直接言い寄ったようだが、早苗は受けなかった。

そのうち、弥兵衛は死に、早苗の縁談も自然に立ち消えになった。

征史郎は玄次郎が道場から独立した背景には、この早苗との縁談話があると睨んでいる。年末にわざわざ、坂上道場に足を向け、対抗試合を申し出てきたのも、田安宗武の剣術指南役に取り立てられたことを早苗に自慢したかったに違いない。

早苗の気を引きたいのだろう。今日、わざわざ、自分を待ち受けたのも、本心は早苗の縁談話を探りたかったからではないのか。

そう考えると、征史郎は腹ばかりか胸も重くなった。

「おのれ、諦めの悪い男だ」

征史郎はつい、悪態が口をついた。

「どうしたんでげす？　諦めが悪いって、誰のことでげす」

久蔵は不思議な顔で見上げてきたが、

「なんでもない。それより、行くぞ」

征史郎は久蔵を伴い、大会の会場に向かった。


会場は奥山の一角に紅白の幔幕《まんまく》を張り巡らせてある。中は大勢の人間の熱気で満ち溢れていた。会場の隅では大きな臼が十も用意され、いずこかの大名家のお抱え力士が杵《きね》で餅をついている。

つかれた餅は大きな樫の木で作られた横長の机に運ばれ、そこで、包丁で四角に切られた。切っているのは、今日の大会の主催者である上野黒門町の米問屋伯耆《ほうき》屋の小僧たちだ。餅は湯気を立て、艶々と真白に輝いている。

征史郎はそれを見ただけで、満腹感が増した。

しかし、そんな征史郎の心の内、いや、腹具合など知るはずもない久蔵は、

「こいつは、うまそうだ。食べ甲斐があるってもんでげすよ」

まるで自分が食べるように舌舐めずりをした。

会場内には白布の敷かれた木の台がいくつも置かれ、そこに皿に盛られた餅がある。

各々の皿には餅が十個載っている。皿の脇には黄粉《きなこ》や醤油が用意され、好みでつけられるようにしてあった。

出場者は五十人あまりである。半時（一時間）の間に餅をいくつ食べられるかを競う。会場の隅には太鼓が用意され開始と終了が告げられる。一つでも多くの餅を平らげた者が優勝者となる。

会場はむんむんとした熱気に満ちている。出場者は町人、力士、浪人、武士もいれば僧侶もいた。男が圧倒的であるが、中にはちらほらと娘の姿もある。

「みなさま、明けましておめでとうございます」

主催者である伯耆屋の番頭風の男が叫んだ。太鼓の横に立つ。

「わたくし、伯耆屋の番頭助蔵《すけぞう》と申します。みなさま、よくぞご出場くださいました。優勝者には金五両と米切手五両分が贈られます」

米切手五両分となれば、庶民にとっては一年分の米を得られるに等しい。

出場希望者は明け六つ（午前六時）に伯耆屋まで出場切符を取りに行った。先着順に五十人を限り切符が渡された。但し、昨年優勝した征史郎には優先的に出場が許されていた。

「さあ、みなさん。張り切っていきましょう」

助蔵の合図で太鼓が打ち鳴らされた。

皆、一斉に餅に手をかける。

「よろしいですか、あわてて喉に詰まらせないでくださいよ」

助蔵は声を振りしぼった。皆、そんなことには耳を貸さず、一心不乱に餅に喰らいついている。黄粉や醤油をつける者は初めのうちこそいなかったが、時が経つにつれ、食べあきてきたのか、思い思いに味つけを始めた。

征史郎は黙々と餅を口に運ぶ。味わっている余裕はない。食べているうちに腹が満ちていたこと、早苗への想いで胸が一杯だったことも忘れられた。今では、勝負への執念が胸を満たしている。

四半時（三〇分）が過ぎると、脱落者が出始めた。脱落した者たちは、

「もう食えない」

「当分、餅は見たくもない」

などと口にしながら苦痛に顔を歪ませた。そんな連中を尻眼に、征史郎は調子を乱すこともなく両手で餅を口に運んだ。既に、皿は五つ重ねられている。

「こって牛の若、しっかり！」

久蔵は扇子をひらひらとさせ、金主達の応援を促す。一団となった応援団は久蔵の

音頭で口々に声援を送る。

征史郎と優勝を競うのは、力士と予想される。仙台藩お抱えの力士百川為五郎《ももかわためごろう》だった。征史郎とは方々の大食い大会で顔を合わせている。勝ったり負けたりの好敵手だ。この日も、為五郎は皿六枚を重ね、征史郎の一歩先を行っていた。

「負けるな！」

仙台藩士らしき武士の集団が声援を送る。為五郎は浴衣の両袖を捲《まく》り、顔や首筋から大汗を流しながら奮闘している。

征史郎は負けじと口を大きく開け、餅を二個ずつ頬張り始めた。

「もう一皿だ」

征史郎は六枚目を要求した。それを見て、為五郎は焦ったように口を動かす。征史郎はニヤリとすると皿に視線を落とし、悠然と餅を頬張る。

「こって牛の若」

「為五郎！」

久蔵と仙台藩士の一団は応援にも力が入った。

優勝は征史郎と為五郎の一騎討ちと思われたが、意外にももう一人、脱落しないで悠然と餅を食べている男がいる。男は、墨染の衣をまとった僧侶だった。枯れ木のように痩せ、顔は深い皺が刻まれていた。平らげた皿は四枚と、征史郎や為五郎に比べれば少なく、優勝争いからは脱落しているのだが、そんなことには興味がないのか、黄粉に餅をつけ、うまそうに頬張っていた。

このため、僧侶の前には餅の皿のほかに黄粉の皿も重ねられている。

「和尚さま、その辺で」

若い僧侶が何人か声をかけた。が、僧侶の耳に届かないのか、素知らぬ顔で餅を口に運んでいる。征史郎は、そんな僧侶の様子を見ると、自然と頬が緩んだ。

「和尚さま」

若い僧侶が止めようと声を振りしぼった。僧侶は顔を上げ、声の方を見た。すると、

「うぐ」

声を漏らし、顔を歪ませた。ついで、喉に手を持っていく。餅を喉に詰まらせたようだ。

「和尚さま」

二人の僧侶が駆け寄り、背中をさすった。が、僧侶の苦しみはやまない。僧侶達は、

「水をください」

悲痛な叫びを上げた。場内は騒然となった。僧侶は真っ赤な顔で苦しんでいる。

「ちょっと、どけ」

　征史郎は側に駆け寄り、若い僧侶を退けると和尚の両足首を持ち、逆さに吊り上げた。

「さ、思い切り、吐くんだ」

　征史郎は和尚の身体を逆さに吊り上げたまま揺さぶった。僧侶は必死に吐いた。その時、終了の太鼓が打ち鳴らされた。助蔵はおろおろとするばかりで、征史郎と為五郎の皿の数を数えることも忘れている。

「がんばれ！」

　征史郎は和尚を励ました。やがて、

「ふ〜う」

　僧侶の口から餅が吐き出された。会場に安堵の息が漏れた。

「ああ、助かった」

　和尚はけろりとしていた。その呑気《のんき》な様子に爆笑が起きた。

　大会は為五郎が十皿と五個つまり百五個を平らげ優勝した。征史郎は百三個だった。が、誰もが征史郎に大きな声援を送った。

　なにせ、人助けをしたのである。そのことへの当てつけか、優勝した為五郎に声援を送る者は仙台藩士以外はまばらだった。

四

大会が終わり征史郎は久蔵に、

「面目《めんぼく》ない」

軽く頭を下げた。

「何、おっしゃってるんですよ。人助けなさったじゃないですか」

久蔵は征史郎の行為を誉め上げ、金主達からも賞賛の言葉が聞かれたことを言い添えた。

「そうか、なら、いいんだが。ちょっと、惜しかったな。二個差だ」

「為五郎の奴、坊さんが苦しんでいるのに、知らん顔で餅を食っていやがった。実質は若の勝ちですよ。為五郎め、地獄へ行きますよ」

久蔵は悔しさが去らないのか扇子を開いたり、閉じたりと落ち着きのない所作である。すると、和尚と若い僧侶二人がやって来た。

「あの、危ういところ、お助けいただき、かたじけない」

和尚は深々と頭を下げてきた。

「なんの、当然のことをいたしたまで」

征史郎は大きくかぶりを振った。

「申し遅れました。拙僧、上野仁大寺《じんだいじ》の住持をしております法源《ほうげん》と申します」

「拙者、花輪征史郎と申します。旗本の次男坊、部屋住みの身です」

「それにしても、見事な食べっぷり」

法源は頼もしげに征史郎の腕をさすってきた。

「こって牛の若は、大食い大会じゃ有名人でげす」

久蔵が横から口を挟んできた。

「こって牛……」

法源もお付きの僧侶達も小首を傾げた。征史郎は久蔵を睨んだ。久蔵は扇子で口元を隠し、

「ええ、若のあだ名でげす。てこでも動かない大きな牛でげすよ」

囁くように言った。

「なるほどのう。これは、言い得て妙じゃ」

法源は愉快そうに笑った。征史郎は久蔵の額をぽかりと叩いた。

「いや、失礼。命の恩人に向かって」

法源は軽く頭を下げた。

「それにしましても、御坊《ごぼう》は餅が大層お好きのようですな」

「ええ、まあ。別段、これと言って、好物はないのですが、子供の頃、京の都で修行に励んでおった頃に食した餅の旨さが舌に残りましてな、それ以来、餅には目がございません」

「ほう、京の都で」

「花輪殿は京には上られたことは」

「いえ、一度も。さぞや、旨い食べ物や酒があるのでしょうな。そうだ、酒は伏見の酒だ。一度見物に行きたいものです」

征史郎は顎を掻いた。

「もし、行かれる時はいつでもおっしゃってください」

「はい」

法源は頭を下げ、去って行った。

「さあ、行くか」

征史郎は言うと、久蔵は名残惜《なごりお》しげに酒を誘ってきたが、正月くらい早めに帰宅しないと兄征一郎から小言を食いそうである。

「またの機会だ。あばよ」

征史郎は会場を離れ、奥山の人混みに紛れた。人混みに身を任せながら本堂の方に歩く。そういえば、まだ、参拝をすませていない。征史郎はゆっくりと本堂に向かった。

「若、こって牛の若」

背後から声をかけられた。久蔵の声ではない。が、誰かはすぐに分かった。

「吉蔵《きちぞう》か」

振り返ると、吉蔵が満面の笑みをたたえていた。

「なんだ、その格好は」

征史郎が目を丸くしたように、吉蔵は黒羽二重の羽織に仙台平の袴を穿いている。髷もきちんと結い、初老の武家といった風だ。

「正月くらい、きちんとした格好がしたくて」

吉蔵ははにかんだように頭を掻いた。河瀬《かわせ》吉蔵、南町奉行所で隠密同心を務めていた。今は、息子に家督を譲り、隠居の身である。普段会う吉蔵は、魚売り、旗本の中《ちゅう》間《げん》といった扮装をした姿である。このため、武家に扮した、いや、これが本来の格好なのだが、吉蔵を見た征史郎は戸惑いを覚えた。

吉蔵とは昨年の秋から妙な因縁で同じ職務を遂行することになった。

同じ職務とは、将軍徳川家重の側近、御側御用取次《おそばごようとりつぎ》大岡出雲守忠光《おおおかいずものかみただみつ》より下される密命を遂行することだ。すなわち、家重を守るための役目だった。

家重は生来言語障害の持病を持っていた。このため、父で八代将軍であった吉宗《よしむね》は後継将軍を選定する際、弟の田安宗武を推すか迷った。幕閣、御三家も家重、宗武どちらが将軍に就任すべきかで意見が分かれた。

吉宗は、家重派、宗武派で幕府が割れることを危惧し、長子相続の原則を優先して家重の将軍就任を決定した。言語障害を抱える家重の政《まつりごと》は大御所として吉宗が後見したことで、順当に行われた。

ところが、昨年の六月に吉宗が薨去《こうきょ》すると、鳴りを潜めていた宗武を推す勢力が鎌首をもたげてきた。家重の失政を策動し、宗武擁立を虎視眈々と狙い始めたのだ。家重幼少の頃より側近くに仕える忠光は家重の言葉をただ一人、聞き分けることができる。

宗武派が家重の失政を策動するにあたり、利用しようとしているのが目安箱《めやすばこ》である。

目安箱とは吉宗が民の声を政に生かそうと、江戸城和田倉門外に設置した投書箱である。小石川養生所が目安箱の投書によって創設されたことは有名だ。

目安箱に投書するには氏名、住所を明記する必要がある。でないと、根も葉もない事柄を好き勝手に投書できるからだ。鍵は将軍が持ち、投書は将軍のみが目を通す。つまり、目安箱の投書は将軍自らが決裁するのだ。

ここに、宗武派のつけ入る隙があった。

言葉の不自由な家重に独断で決裁させることにより、失政を誘おうというのだ。そこで、忠光は目安箱の投書を検《あらた》め、厄介な投書を予《あらかじ》め解決しようと考えた。その、解決を行う者、すなわち、「目安番」に征史郎と吉蔵を選んだのである。

「そうか、なかなか似合うではないか」

征史郎はどう言っていいか分からず、口から出た言葉はこれだった。

「いやあ」

吉蔵は照れたように頭を掻くと、征史郎と一緒に本堂に向かった。

参拝を終えた征史郎と吉蔵は仲見世を冷やかし、葦簀張りの茶店に入った。正月ら

しく、萌黄色《もえぎ》の小袖に朱色の襷がけをした仲居に、茶とぼた餅を頼んだ。頼んでから、

「しまった、また餅か」

征史郎は後悔したがもう遅い。怪訝な顔をする吉蔵に餅の大食い大会に出場したことを語った。

「若らしいや。それにしても、百三個とはね、まったく、牛のような胃袋ですね」

吉蔵は肩を揺すって笑った。

「いや、世の中にはな、おれや百川為五郎のような大男でなくとも、枯れ木のような痩せた老人でもだ、五十個以上の餅を平らげるご仁がおるんだ」

「へえ、そいつはすげえや。一体、どこのどなたで？」

吉蔵は目を丸くする。

「それがな、坊さんなんだよ。たしか、上野の仁大寺の住持で法源と申される和尚だ。人は見かけによらんな」

「ええ、法源和尚ですか」

吉蔵は思わず声を上げた。

「なんだ、おまえ知っているのか」

「ええ、大変な高僧でいらっしゃいますよ。京の知恩院《ちおんいん》で修行され、大僧正の称号を

お持ちです」

「へえ、そんな偉い坊さんだったのか」

今度は征史郎が大きな声を出した。そこへ、茶とぼた餅が運ばれて来た。

「まったく、人は見かけによらないですね」

吉蔵も妙に納得したように返す。

「ところで、出雲さまからのお呼び出しはないのか」

「松の内が過ぎてからでしょう」

それまでは、江戸城での行事が目白押しである。

「そうだな」

征史郎は茶を啜った。のんびりとした初春の昼下がりだった。

第二章　御役目なし

一

征史郎は自宅に戻った。

花輪家の屋敷は番町の表三番町通りの下野《しもつけ》佐野《さの》城主堀田若狭守正寛《ほったわかさのかみまさひろ》の上屋敷の向かいである。千坪の敷地に両番所付の長屋門が構えられ、直参旗本千石の威容を誇っている。御殿や御台所棟、長屋、土蔵が建ち並び、庭には手入れが行き届いた松や欅《けやき》、桂の木が植えられていた。

各門には門松が飾られている。征史郎は正門からは出入りせず、いつも、裏門を使っている。別に兄への遠慮ではなく、住まいしている下中《げちゅう》長屋が近いからだ。外中長屋とは足軽が住んでいる長屋で、竹垣を巡らした十坪ほどの庭と瓦葺屋根の母屋から成っている。

母屋には、台所と四帖半、八帖の座敷、それに六帖の納戸《なんど》があった。小者や中間達が住む表長屋よりは広いが、巨漢の征史郎には手狭であることは否《いな》めない。が、征史郎はここが気に入っている。

堅苦しい御殿の一室に閉じこもるよりは、はるかに伸び伸びと暮らせるのだ。

征史郎は足軽長屋に戻ろうとした。夕陽が征史郎の影を長く庭に引かせた。すると、

「征史郎さま」

おいでなすったか、と振り向くと、

「奥さまがお待ちですよ」

隣に住んでいる足軽添田俊介《そえだしゅんすけ》の女房お房《ふさ》である。

「分かった」

「お願いしますね」

それだけ言うとお房は家に引っ込んだ。今日は、家族だけで正月を祝うことになっていた。元旦は、兄征一郎は御城での年賀の儀に忙殺され、三日以降は親戚を迎えるとあって、今晩がいいだろうということになっていたのだ。

そのことは、当然征史郎も頭に入れていたのだが、餅の大食い大会を欠席するわけ

にもいかず、この時刻になってしまったのだ。

征史郎は自宅に大刀を置き、御殿に向かった。鴬の声がする。夕焼け雲が明日も快晴であることを告げていた。

征史郎は長屋門から御殿の玄関に繋がる石畳を足早に進んだ。

「失礼いたします」

玄関で告げると、すぐに女中頭のお清《きよ》がやって来る。

「お待ちかねですよ」

お清はわずかに諌《いさ》めるような顔をして、居間で皆さまお待ちかねですと言い添えた。

塵一つ落ちていない、鏡のように磨き立てられた廊下を奥に進み、右手に折れ突き当たりの部屋まで行った。

「征史郎さま、お着きでございます」

「入れ」

征一郎の神経質そうな声がした。機嫌が良いのか悪いのか、判然としない。

お清は廊下に座って襖を開けた。

「失礼いたします」

征史郎は中に入った。庭に面した十二帖の座敷である。床の間と違い棚が設けられた書院造りだ。雪舟の水墨画の掛け軸、青磁の壺、象牙の香炉は征一郎の妻志保《しほ》が嫁入りの際に、実家から持参した品々だ。

志保の実家は日本橋室町《にほんばしむろまち》にある呉服問屋三州屋《さんしゅうや》である。三州屋は越後屋にも劣らない大店《おおだな》で、大名屋敷、旗本屋敷、さらには大奥へも出入りを許されている。志保は、征一郎の父征左衛門《せいざえもん》が三州屋の財力を息子の昇進に利用しようとして嫁になった。

いくら、大店の娘といっても町人が直参旗本に嫁入りするわけにはいかないから、一旦、小姓組組頭尾野喜重郎《おのきじゅうろう》の養女となってから嫁いできた。

そんな事情にもかかわらず、兄夫婦は仲睦まじく、夫婦の間には二男、四女に恵まれている。

「征史郎、これへ」

征一郎は自分の横を指差した。膳が整えられてある。お頭つきの鯛と御節料理が載っていた。征史郎は膳の前にひょこんと座った。

「これで、揃ったな」

征史郎には征一郎の言葉は皮肉に受け取れた。志保は上品な友禅染の着物に身を包み、六人の子供を産んだとはとても思えない、ほっそりとした身体で銚子を持った。

座敷には長男亀千代《かめちよ》の他、長女香奈《かな》、二女佐奈《さな》がいる。二男と三女、四女は幼いため、この場にはいなかった。

亀千代や香奈と佐奈はニコニコとした顔を征史郎に向けてくる。

「征史郎殿も」

志保は征史郎にも酌をした。

「では、本年もよろしく」

征一郎は声を低め、威厳を持たせた。征史郎は黙って杯を頭上に掲げ、頭を下げると一息に飲み干した。志保も形ばかりに口をつける。

「さあ、たくさん召しあがってくださいね」

志保が言うと、女中たちが雑煮を運んで来た。

(まったく、餅づくしだな)

征史郎は内心苦笑したが、表には出さず、

「旨そうだ。亀千代、たくさん食べろよ。叔父さんと競争するか」

亀千代に笑顔を送った。

「はい、叔父上、負けません」

亀千代はうれしそうに雑煮の椀を手に取った。しかし、征一郎は顔をしかめた。

「餅を食べる競争など、くだらぬことをいたすでない。喉でも詰まらせたらどうするのだ」

征一郎に言われ、亀千代はしょげかえった。征史郎が片目を瞑《つむ》って見せる。それで、亀千代は機嫌を直し、雑煮を食べ始めた。征史郎は、

「征史郎、どうした、珍しく、箸が進んでおらぬではないか」

征一郎に指摘され、

「いや、そんなことはござらん」

あわてて雑煮を平らげてみせた。ほとんど嚙まずにそのまま飲み込んだ。まずいのではなく、さすがに、餅を食べる気が起きないのだ。

「すぐに、替わりをお持ちしますね」

志保はお清に命じて雑煮の替わりを持ってこさせた。

「いやあ、いつ食べても、姉上の雑煮は旨い。正月だけでは勿体《もったい》ないです。年中食したいものですな」

「そう言ってくださると、作り甲斐があります。今年は、例年よりもたくさん作りましたからね、どうぞ、遠慮なく」

志保に言われ、征史郎は背筋が寒くなったが、そんなことは噯気《おくび》にも出さず、

「それは、かたじけない」

引き攣《つ》った笑顔で返した。

その言葉に合わせるかのようにお清が雑煮を運んで来た。大きな椀である。

志保は、征史郎殿用ですと笑顔を向けてきた。

「いただきます」

こうなったら例えは悪いが、毒を食らわば、皿までである。

征史郎は勢いよく雑煮の椀を取り上げると顔を突っ込んだ。すごい勢いで平らげていく。亀千代も香奈も佐奈もくりくりとした目を向けてくる。

征史郎の胸に、期待に応えねばならないという使命感が湧き起こった。額に脂汗を滲ませながらも雑煮をかき込んでいく。征一郎もしばし、杯の手を止め征史郎の奮闘ぶりに目を向けてきた。

「いやあ、満足です」

征史郎は結局、雑煮を十杯平らげた。

「すごい、叔父上」

亀千代ははしゃいだ。香奈も佐奈も喜んでいる。

「まあ、こんなことは、見習わなくてもいいぞ。亀千代も香奈も佐奈も、なあ」

征史郎は征一郎から小言《こごと》がくる前に言った。志保がくすりと笑った。

それから、しばらく宴が催された。征一郎からの小言はなかった。ただ一言、

「願わくば、今年こそ、縁談が決まればよいのだがな」

しみじみとした口調で述べたことが兄の弟への期待と受けとめられた。

「決まりますとも。征史郎殿はこれだけ誠実なお方なのですから。必ず良き縁談に恵まれると存じます」

志保も言い添えた。征史郎は軽く頭を下げて応じる。亀千代が志保の耳元で囁いた。

志保は、

「それは、よい。持って来なさい」

笑顔で返すと、亀千代ははしゃいだ声を上げ部屋から出た。しばらくして、
亀千代は習字を持って来た。

「叔父上、これを」

「書き初《ぞ》めか。うまいな」

征史郎は亀千代の頭を撫でた。「おしょうがつ」と力強く書かれている。

「亀千代はいくつになった」

征史郎は笑顔を送る。

「はい、六歳でございます」

「そうか、もう六歳か」

「ですから、剣術を習いとうございます」

亀千代は征一郎の目を盗んでは征史郎の長屋に遊びに来る。厳しい父より、やさしく気さくな叔父さんに遊んでもらいたいのだ。

「剣術は、まだ早い。それより、手習いをせよ」

たちまち、征一郎の厳しい声が飛んできた。

「亀千代、安心しろ。叔父さんも剣術は十歳になってからだ」

征史郎は亀千代の頭を撫でた。亀千代は笑顔でうなずいた

二

松の内が過ぎ、門松が取れた頃、吉蔵が現れた。

吉蔵は棒手振《ぼてふ》りの魚売りに扮し、征史郎の長屋にやって来る。お房などはすっかり顔馴染みになり、気安く言葉を交わすようになっている。自宅の庭先で呼びとめ、

「今日は何がおいしいの」

お房が問いかけると、

「あさりなんかどうです」

吉蔵は魚売りに成りきっている。半纏に紺の腹がけ、豆絞りの手拭で額に鉢巻きをしていた。

「ほんと、おいしそうだ」

お房は盤台を覗き込む。あさりのからが朝日を受け、銀色の煌《きらめ》きを放っていた。お房はあさりを吟味し気に入ったものをどっさりと買った。

「おお、旨そうだな」

征史郎はお房が家に引っ込むのを見定めてから、吉蔵を手招きした。吉蔵は、「へい、ただいま」と言って額の手拭を取り、征史郎の家に入った。

「若、大岡さまからお呼びがかかりました。今晩、六つ半（七時）に吉林《きちりん》です」

吉林は柳橋にある高級料理屋で大岡忠光は、征史郎と面談するのに使っていた。

「そうか、今度はどんな御用かな」

征史郎は退屈していたとばかりに大きく伸びをした。

「格別、御用の向きは承っておりませんが。そろそろ、なんか御用があっても良い頃ですね」

「そうだよ。だけど、きつい御用はごめんだがな」

征史郎は薄く笑った。

「そんなこと言いながら、結局、どっぷり浸かってしまうじゃありませんか」

吉蔵もおかしそうに笑いを返す。

「首までどっぷりとな」

征史郎は自分の首を指差してみせた。

「では、のちほど」

吉蔵は去った。


暮れ六つ（六時）を四半時ほど過ぎた頃、征史郎は吉林にやって来た。

吉林は神田川と大川が交錯する柳橋の袂《たもと》、浅草下平右衛門町《しもひらへいえもんちょう》の一角にあった。桧《ひのき》造りの高級料理屋である。征史郎は黒羽二重の羽織に仙台平の袴に身を包み、大刀を仲居に預け廊下を奥に進む。

小正月となり、いくらか客足は落ち着いたようだ。それでも、襖を通して、楽しげな談笑、三味線の音色が聞こえる。征史郎は渡り廊下で繋がれた離れ座敷に通された。

既に日が落ちて、薄闇が広がっている。空には十六夜《いざよい》の月がぽっかりと浮かんでいた。

離れ座敷は桂の枝が屋根瓦に伸び、山里のお堂のようなひなびた風情を醸《かも》し出している。大川から渡ってくる川風が軒に吊るされた風鐸《ふうたく》をそよと揺らす。池の鯉が泳ぐ音を聞いていると穏やかな時が過ぎゆくのを感ずる。

庭には小者に扮した吉蔵がうずくまっていた。

征史郎は濡れ縁から離れ座敷に入った。既に、膳が整えられている。床の間は空席である。

「お連れさま、間もなくおいでになられます」

仲居は落ち着いた声で言い残し、渡り廊下を下がって行った。

「いつ来ても、堅苦しい店だな」

征史郎は濡れ縁で胡坐《あぐら》をかいた。

「ま、そう、おっしゃらずに」

吉蔵が側に来た。

「もっとも、相手は御公儀の重鎮だ。煮売り酒屋で会うわけにもいかんが」

征史郎が言ったところで、渡り廊下を踏みしめる足音がした。征史郎は座敷に入った。

「待たせたな」

忠光は足早に入って来た。羽織、袴の略装である。一見して何処にでもいるような小太りの中年男だ。見知らぬ者から見れば、とても将軍の君側第一の臣には見えない。ただ、月代《さかやき》と髭が異常にきれいに剃られ、それがため顔全体が艶々とした輝きを放っていた。

「しばらくじゃな」

忠光は言うと杯を差し出してきた。征史郎は軽く頭を下げてから蒔絵銚子を差し向ける。

「知っての通り、昨年末、越前殿《えちぜん》が身罷《みまか》られた」

越前殿とは寺社奉行大岡越前守忠相《ただすけ》のことである。忠光の同族であり、忠光にとっては尊敬すべき先輩政治家だった。目安番創設の際にも助言を受けていた。

忠光にすれば、精神的な支柱をうしなったようなものである。征史郎は悔やみの言葉を述べてから、

「一方では、出雲さまにはおめでたきことが」

「ああ、加増か」

忠光は昨年の十二月、一万石の大名に列せられた。上総勝浦《かずさかつうら》の領主となったのである。

「これで、お大名ですな」

「いや、まだ、九千七百石だ」

忠光は正確な石高を述べ薄笑いを返してきた。それは、大名は一万石以上という規定であることから、まだ大名ではないという幕閣への皮肉なのか、自嘲なのか征史郎には判断がしかねた。

「それで、本日そなたらを呼んだのは、昨年の喜多方藩の一件、まだ礼金を出しておらなかったのでな」

喜多方藩の一件とは、喜多方藩を二分する騒動を忠光の命を受けた征史郎と吉蔵が御家騒動に至らないよう解決に導いた一件である。

「そうですか、それは、それは」

征史郎はうれしそうな顔をした。

「では、これを」

忠光は紙に包まれた小判を差し出した。

「十両じゃ。今回は色々と物入りでな、すまんが、それだけで勘弁してくれ」

忠光は言いわけでもするように早口に捲《まく》し立てた。征史郎も内心、もっと高額な礼金を期待していただけに落胆は隠せなかったが、不服を申し立てるわけにもいかず、

「ありがとうございます」

頭を下げ、両手で恭《うやうや》しく受け取った。

「さて、出雲さま。次なる御役目は」

征史郎は褒美への期待を目に込めた。

「今のところ、ない」

「ない、のでございますか」

「そうじゃ」

忠光は淡々と返してきた。

「そうですか」

征史郎は寂しげにうつむいた。

「そなたへの頼みがないということは、上さまのお心を煩わせることがない、すなわち世は平穏であるということだ。めでたいことなのじゃ」

忠光はしきりと、「めでたい」を連呼し満面に笑みをたたえた。それから、しばらく談笑を続け、

「では、ま、ゆっくりしていけ」

忠光は部屋から出た。濡れ縁に立ったところで、

「吉蔵、そなたも上がって飲め」

上機嫌に声をかけ、去って行った。

「おい、礼金をもらったぞ」

征史郎は離れから声をかけた。吉蔵はもぞもぞと身体を動かし、離れ座敷に入って来た。

「若、失礼します」

吉蔵も期待の籠った目をしている。

「これだ」

征史郎は紙包みを広げた。小判で十両の半分、五両を吉蔵に渡した。

「なかなか、渋いな。大名になったというのに」

「大名になったらなったで、色々と物入りなのでしょう」

吉蔵は達観したように淡々と返してきた。

「そりゃ、そうかもしれんが。なんか、物足りないな」

「金額にご不満で。なんでしたらわたしの五両、どうぞ」

「いや、金のことではない。御役目がないということがな」

征史郎は顔をしかめた。

「あたしらの御役目がないということは天下泰平ということ。結構なことですよ」

「なんだ、出雲さまと同じことを言うな」

征史郎は苦笑し、酒でも飲むかと吉蔵と飲み食いを始めた。

三

翌日、坂上道場を海野玄次郎が訪ねて来た。

玄次郎は母屋の客間に通された。紫の羽織に仙台平の袴という気取った姿で端然と座った。早苗がお茶を運んで来た。

「間もなく兄がまいります」

早苗は玄次郎の前に茶を置いた。

「いや、稽古が一段落してからでかまいません」

玄次郎は早苗を見つめた。早苗は玄次郎の視線から逃れるように、

「今しばらく、お待ちください」

一礼してそそくさと出て行った。その後ろ姿を玄次郎は名残惜しげに見送る。時を経ずして、縁側で足音がし、

「失礼つかまつる」

弥太郎が入って来た。

弥太郎は紺の道着のままである。顔や首筋の汗は拭われていたが、顔は火照《ほて》り、全身から湯気が立っていた。稽古の名残が残っている。

「相も変わらず、熱心なる精進ぶりですな」

「至らぬ点が多うございますゆえ」

弥太郎は落ち着いて返した。

「それは、ご謙遜を」

玄次郎は皮肉な笑みを浮かべる。

「本日、ご来訪いただきましたのは対抗試合の件でございますか」

「まあ、それもあります」

玄次郎は思わせぶりに言うと茶を啜った。

「と、申されますと」

弥太郎は玄次郎の奥歯に物が挟まったような物言いに苛立ちを覚えたが、顔には出さず、落ち着いた表情で聞き返した。

「そうですな、まず、対抗試合の一件から申しますか。試合は田安宰相さまの御屋敷で、双方より五人を選抜し、一本勝負にて決したいと存じます」

「ほう、田安さまの御屋敷ですか」

「さよう。宰相さまが是非ともご覧になりたいと申されまして。つまり、田安宰相さまの御上覧試合となった次第です」

「承知致しました。わが道場の者達もそれを聞けば、一段と稽古に励むことでありましょう。して、日時は」

「弥生の半ば頃、はいかがでござる」

「三月とは二月《ふたつき》あまりも先ですか。いや、かまわないのですが」

弥太郎はいぶかしむ風な顔をした。

「宰相さまはお忙しいお方でござるゆえ」

玄次郎は釘をさすように言った。

「お、いや。その、不服はござらん」

弥太郎は口ごもった。

「ところで、弥太郎殿」

玄次郎は改まったように居ずまいを正した。

「なんでござる」

弥太郎は思わず身構えた。

「道場の借財、まだかなり残っておるのではござらんか」

玄次郎に切り込まれ、弥太郎は言葉を詰まらせた。

「いや、失礼なことをお尋ねしていると、無礼は承知じゃ。そのうえで、申しておるのです。金額は聞きますまい。だが、相当な借財が残っておることは分かります。その借財に関しては、拙者もいささか心を痛めております」

玄次郎は心ならずも自分が坂上道場を出たことで、自分についてきた門弟が多数道場を辞め、せっかくの増改築が裏目に出たことを回りくどい言い方で語った。弥太郎は表情を消し、黙って聞いた。

「そこで、でござる。拙者とて先生のご指南を受けた門弟の一人。先生が残された道場の窮状を見過ごすことはできません。幸い、拙者は田安宰相さまの剣術御指南役を拝命したおかげで、門弟の数は日に日に増え、様々な大名屋敷から出稽古の要請も受けるようになりました。そこで、でござる」

玄次郎はここで勿体をつけるように言葉を区切り、弥太郎を見た。弥太郎は身構える。玄次郎は頬を緩め、

「借財、拙者が肩代わりいたしましょう」

得意げに言うと茶を啜った。

「それは、かたじけない、申し出とありがたく存じますが」

弥太郎がそこまで言ったところで、

「但し、一つ条件がござる」

不意に、玄次郎は剣術の突きを入れるように鋭い声を放った。弥太郎は言葉を引っ込めた。

「早苗殿を娶りたい」

弥太郎は玄次郎の言葉を予期していたが、現実に本人の口から聞くとうろたえざるを得ない。

「早苗殿をわが妻といたす。さすれば、妻の実家、救済するは当然と言えよう」

玄次郎は自信たっぷりの口調で言い添えた。

「早苗を、で、ござるか」

「いかにも。それとも、早苗殿には縁談がおありなのかな」

玄次郎は探るように上目遣いになった。

「いや、そんな話はござらんが」

「早苗殿もそろそろ縁づいてもよろしいのではないかな」

「それは、そうでござるが」

「弥太郎殿は早苗殿が拙者の妻となること、不服でござるか」

玄次郎はわずかに語気を強めた。

「いや、そうではござらんが、早苗の気持ちもございますゆえ」

玄次郎はしばらく考え込む風だったが、

「なるほど、早苗殿の気持ちが肝要でありますな。とは申せ、借財というのも現実の話。よく、お考えくだされ。自分の口から申すのもなんでござるが、悪い縁談とは思いませんぞ。のう、弥太郎殿」

玄次郎は釘を刺すように言うと腰を上げた。

「本日は、わざわざのお越し、痛み入ります」

弥太郎も立ち上がる。

玄次郎は肩を揺すりながら出て行った。入れ替わるように早苗が入って来た。弥太郎は思わず目を伏せた。

「兄上、海野さま、どんな御用向きでいらしたのですか」

早苗は弥太郎の前に座り強い眼差しを向けた。

「対抗試合の件だ。三月に田安宰相さまの御屋敷で行われることになった」

弥太郎は努めて淡々と返した。

「それだけでは、ないのでしょ」

早苗は目に力を込めた。弥太郎は曖昧に口ごもった。

「部屋の側に来て、耳に入ってしまいました」

早苗は茶の替わりを持とうと居間にやって来たところ、玄次郎の話を聞いてしまったという。

「そうか。ならば、隠し立てはするまい。海野殿は、借財を肩代わりする代わりに、そなたを娶りたいと申してこられた」

「そうですか。借財と」

早苗は暗い顔をした。

「いや、借財のことはどうでもいい。そなたの気持ち次第だ」

「兄上は、父上の生前、海野さまがわたくしを妻にしたいと申してこられたこと、覚えておいででしょ」

「いかにも」

「あの時と、わたくしの気持ちは変わりません」

早苗はきっと唇を固く結んだ。

「そうか、それだけ聞けば十分だ。海野殿にはきっぱりと断りを入れる」

弥太郎は顔を綻ばせた。

「しかし、借財のことが」

「そのことは、別じゃ」

弥太郎は胸を張った。

「しかし、もし、どうしても、ということであれば、わたくしは、海野さまに嫁ぐこと覚悟いたします」

「馬鹿な。おまえの縁談を利用するなど、父上に合わせる顔がない」

弥太郎は首を横に振った。

「おそれいります。わたくしの我儘《わがまま》で」

早苗は両手をついた。

「おい、それは我儘とは申さん」

弥太郎は陽気に言うと腰を上げた。

「さあ、もう一汗流すか」

「対抗試合、負けられませんね」

早苗の表情に明るさが戻った。

「ああ、負けることはできん。坂上道場の名にかけてな」

弥太郎が言ったところで、

「失礼つかまつる」

征史郎の声がした。

四

征史郎は玄関で早苗に迎えられた。

「どうぞ、丁度《ちょうど》、兄も一休みしておられるところでございます」

「そうですか、では、遠慮なく」

征史郎は廊下を奥に進み、弥太郎の待つ居間に入った。弥太郎も笑顔で迎える。

「ようこそ」

「お邪魔いたします」

征史郎は座るなり、勝虫小紋の小袖の袂《たもと》から財布を取り出し、

「借財の足しにしてくだされ」

金五両を出した。忠光からもらった礼金である。

「これは、いつもながら」

弥太郎は海野と借財の話をしたあとだけに複雑な顔をした。早苗が茶を運んで来た。

「早苗、征史郎殿が、これを」

弥太郎が言うと、

「些少でござるが」

征史郎は照れるように頭を掻いた。

「あの、こんなことを申しては大変失礼ですが、このお金、無理してお作りになったのでは」

早苗は気づかうような目を向けてきた。

「いや、いつもの大食い大会でござるよ」

「でも、お正月のお餅の大会は優勝を逃したと、残念がっておられたではありませんか」

「そうでしたかな。ああ、そうだ、間違えた。ほれ、いつか、申し上げたことがあったでしょ。さる御公儀のお偉方の御用を承るようになったと」

征史郎は頰を掻きながら弥太郎を見た。

「そうでした。何か、征史郎殿に似合わぬ事務の仕事だとか」

「そうなのです」

征史郎は恥ずかしげにうつむく。

「すると、このお金も事務で」

早苗は微笑んだ。

「ええ、まあ、その、正月ということで、特別にいただいたのです。ですから、どうぞ、納めてくだされ」

征史郎は小判の包みを早苗に押しやった。早苗は頭を下げ、

「ありがとうございます。征史郎さまのお心づかい、父上もさぞお喜びと思います」

征史郎は早苗の笑顔を見て、心の底から喜びが湧きあがってきた。弥太郎も改めて頭を下げた。

「征史郎殿、つい、今しがた海野殿がまいられました。対抗試合について知らせにまいられたのです」

弥太郎はあえて借財のことも早苗を娶りたいとの申し出のことも伏せた。

「ほう」

征史郎は身を乗り出した。

「三月に田安宰相さまの御屋敷にて執り行うことになりました」

「田安さまの」

征史郎はこのことを忠光に言うべきか迷った。これは、純然たる道場同士の剣術の試合である。たまたま、相手が田安家の剣術指南役ということだ。試合自体に陰謀めいたものが感じられるわけでもない。

「田安宰相さまは武芸奨励にことのほかご熱心だそうで、今回の試合も是非ともご覧になられるそうです。言ってみれば、上覧試合というところですかな」

弥太郎は征史郎が口をつぐんだので説明を加えてきた。

「そうですか、それは、腕が鳴りますな」

征史郎は破顔した。

「征史郎さまがおられれば百人力ですわ」

早苗に言われ、

「いやあ、それほどではござらんが」

征史郎は照れるように頭を掻いた。

「では、わたくしは、父上に報告してまいります」

早苗は征史郎から渡された小判を持ち仏間に向かった。

「では、我らは稽古を」

征史郎は弥太郎を促した。

「そうですな」

弥太郎はわずかにくもった声を出した。

「どうされた」

征史郎はいぶかしんだ。

「あ、いや、なんでもござらん、と言うわけにはまいりませんな。征史郎殿には隠しごとは致しません」

弥太郎は玄次郎が早苗を妻とすることを条件に道場の借財を肩代わりすることを申し出てきたことを話した。征史郎の胸に苦いものが込み上げた。

「それで、早苗殿にはお伝えになったのですか」

「はい」

「で、早苗殿はなんと」

征史郎はつい、弱々しい口調になる。

「断って欲しい、と」

弥太郎の言葉に征史郎は胸のつかえが下りた。

「借財の方は、わたしも微力ながらがんばります」

「征史郎殿には、そのお言葉だけでありがたいと存じます」

征史郎の顔が輝いた。

「そうだ、海野殿との対抗試合で勝てば、坂上道場の評判は大いに上がりますよ。なにせ、田安宰相さまの御指南役が運営する道場に勝つのですからな。そうなれば、門弟志願者が押し寄せますぞ」

「まさしく」

弥太郎も力強くうなずいた。

「そうとなれば、稽古ですぞ」

征史郎はいそいそと道場に向かった。


道場で、紺の道着に着替えると征史郎は気合いをみなぎらせた。門弟達の間を回って叱咤して歩く。門弟達には、弥太郎から海野道場との試合が田安宗武の上覧で田安屋敷にて行われることが申し渡された。

そのせいで道場が活気だっている。

「征史郎殿、お手合わせ願います」

弥太郎が笑顔を向けてきた。

「やりますか」

征史郎も笑顔で返す。

二人は木刀を持ち対峙した。自然、門弟達が稽古の手を休め二人に視線を送ってくる。

「いざ」

弥太郎は上段に構えを取った。征史郎は無言で下段に構える。弥太郎がすり足で征史郎に向かってくる。征史郎は動かず、弥太郎の動きを注視した。

「とう！」

弥太郎は鋭い気合いと共に木刀を振り下ろした。征史郎は素早く、横っ跳びにかわす。弥太郎の木刀は空を切った。征史郎はすかさず、木刀を横一閃させた。

――カキーン――

木刀がぶつかり合った。

門弟達からため息が漏れた。

征史郎と弥太郎は木刀を重ね合ったまま押し合う。やがて、弥太郎が背後に飛び退きながら征史郎の胴を横に払った。だが、この一撃も征史郎はなんなく受け止める。

二人は二間の間を取り、睨み合った。

征史郎も弥太郎も額の汗止めはぐっしょりと濡れ、肩からは湯気が立ち上っている。

「とう！」

征史郎は上段から木刀を振り下ろした。弥太郎は正面から受け止めた。征史郎は両手に力を込め、えいとばかりに押した。弥太郎の身体は背後に飛び、板壁にぶち当たった。が、一向に臆することもなく、正眼に構え直す。

征史郎の顔が笑顔で歪んだ。

それを潮に、弥太郎は木刀を置いた。二人は、礼をした。

門弟達は緊張が解かれ、ほっとしたようなため息が漏れた。

「いや、心地良い汗をかきました」

征史郎は満足げに微笑んだ。

弥太郎も爽やかな表情だ。この時は、二人の頭に玄次郎のことはなかった。ただ、剣の道を究めようとする者同士の心の繋がりがあるだけだった。

第三章　仮名手本忠臣蔵

一

それから、二月《ふたつき》あまり平穏な日々が続いた。三月に入り、江戸の町のあちらこちらで桜が蕾をつけ、すっかり春めいてきた。

征史郎は、あれから羊羹とところてんの大食い大会で優勝し、金十両を手にして坂上道場の借財に充《あ》てた。吉蔵は時折やって来るもののもっぱら魚を売りに来るだけだ。忠光からの呼び出しはない。

まったくもって平穏に打ち過ぎている。それは、それでかまわないのだが、刺激がない日々が続き、物足りなさで身を持て余している。玄次郎からも対抗試合の日時の連絡がない。

そんな日々が続く中、やることもなく朝寝をしていると。お房の声がした。

「征史郎さま、文が届きましたよ」

お房は格子戸を開けた。

「文、ふ～ん」

征史郎は起き上がり、八帖間を出て土間に降り立った。

「これ、どうぞ」

お房は文を手渡してくると、髪が乱れていると嘆き、

「お掃除しましょうか」

土間から征史郎の寝ていた八帖間を顔をしかめながら覗いた。

「いや、それには及ばん」

征史郎は大きくかぶりを振る。

「そんなことおっしゃったって、あの散らかりようはないですよ」

「分かった。自分でする」

「いつ、おやりになるのですか」

お房は責めるような目を向けてくる。

「今日だ。今日やる」

征史郎は早口に言い捨て八帖間に戻った。

「きっと、ですよ」

お房の責め立てるような声を背中に浴びながら、障子を閉めた。征史郎は舌打ちをし、万年床と化した寝床に胡坐《あぐら》をかいた。枕元には空になった五合徳利と茶椀が転がっている。

文に視線を落とす。差出人は、「出雲」とだけ記されていた。

大岡忠光からの書状だ。征史郎の顔に緊張が走り、背筋がぴんと伸びた。久しぶりに感じる心地よい緊張だ。早速、中を見る。

「明日、明け六つ（六時）、二丁町《にちょうまち》の芝居小屋中村座の前で待つ」

征史郎は首をひねった。大岡忠光が芝居見物か。どうも馴染まない。一体、どうした風の吹き回しであろう。忠光が単に芝居見物をするとは思えない。それも自分を誘って。

「ま、考えてもしょうがないか。どうせ、明日になったら分かるんだ」

征史郎はそう思うと、再び蒲団に仰向けになった。

翌朝、征史郎は中村座に赴《おもむ》いた。

この時代、芝居興行は防火の概念から火の使用は一切禁止されていた。従って、陽のあるうちに芝居は行われた。当然、明け六つから暮れ六つまでの間となる。

早朝にもかかわらず、小屋の前には大勢の見物客が列を成していた。

桟瓦が朝日を受け黒々とした輝きを放ち、幟《のぼり》が春風にはためいている。屋根の中央には横幅九尺（二・七メートル）の櫓が建てられ、芝居の題目が記されている大名題《おおなだい》看板には勘亭流《かんていりゅう》の書体で、

「仮名手本忠臣蔵」

と力強く大書してある。幟には、「市川団十郎《いちかわだんじゅうろう》」「中村勘三郎《なかむらかんざぶろう》」といった看板役者の名前がこれまた勘亭流の力強い書体で記されている。

征史郎は、上方《かみがた》で生まれたこの人気芝居を忠光と見物することになろうとは思いもよらなかっただけに、戸惑いを隠しきれず、いぶかしそうな顔で芝居小屋を見上げるばかりだ。

仮名手本忠臣蔵は、実際に起きた赤穂事件を題材にして大坂の竹本座が人形浄瑠璃として上演したのが最初である。二世竹田出雲《たけだいずも》、並木千柳《なみきせんりゅう》、三好松洛《みよししょうらく》の三人の作者が赤穂事件を南北朝時代に移して劇に仕立てた。

南北朝時代に移したのは、この時代、実際の事件を劇にすることを幕府が禁じてい

たためである。このため、浅野内匠頭長矩《あさのたくみのかみながのり》は塩谷判官高貞《えんやはんがんたかさだ》、吉良上野介義央《きらこうずけのすけよしひさ》は高《こうの》武蔵守師直《むさしのかみもろなお》になぞらえられ、主だった登場人物も大星由良助《おおぼしゆらのすけ》（大石内蔵助）、大星力弥（大石主税）、加古川本蔵《かこがわほんぞう》（梶川与惣兵衛《かじかわよそべえ》）、斧九大夫《おのきゆうだゆう》（大野九郎兵衛《おおのくろべえ》）という具合に実在の人名を少々もじって作ってある。

やがて、宗十郎頭巾で顔を隠した武士が近づいて来た。背格好と上等の着物からして忠光と分かった。

「おはようございます。お召しにより、参上しました」

征史郎が挨拶を送ると、忠光は軽く会釈を返してきたのみで、早々と木戸を潜った。

征史郎は芝居見物のわけを聞こうかと思ったが、まずは黙って従った。

忠光は脇目も振らず二階に上がり、桟敷席に入った。次いで、自分の横を征史郎に向かって指示してきた。征史郎は黙って座った。個室になっていて征史郎と忠光のほか、誰もいない。

「高いのでしょうね、二階の桟敷席というのは」

征史郎は身を乗り出し、小屋の中を見回した。一階枡席、桟敷席共にびっしりと満席状態である。みな、彩《いろどり》鮮やかに装い身繕いをしている。小屋全体が華やいだ空気に包まれていた。

「安くはない」

忠光はぽつりと言った。二階桟敷席は一番席料が高く二朱（約一万五千円）くらいだ。

「なんで、芝居見物などに」

征史郎が声をかけたところで、からくり人形が現れ、

「か〜なでほん、ちゅうしんぐら。か〜なでほん、ちゅうしんぐら」

演題を発した。独特の声の調子である。やがて、幕が開いた。晴れやかな舞台装置と煌びやかな衣装を身につけた役者たちが現れる。序段、鎌倉鶴岡八幡宮兜《かぶと》検《あらた》めの場だ。

征史郎は芝居見物のわけが聞きたかったが、忠光は唇を固く結んで芝居に見入っている。征史郎もそのうちに、芝居の世界に入り込み、高師直が塩谷判官をいじめる場面では憤怒に形相を歪めた。

師直が塩谷高貞の女房顔世御前《かおよごぜん》に横恋慕する姿は、早苗を妻に娶るという海野玄次郎の姿をつい重ねてしまう。そう思うと、言いようのない怒りのあまり身が震えそうだった。

芝居が進み、判官切腹の場でははらはらと涙を流した。そんな喜怒哀楽を見せる征

史郎と対照的に、忠光は冷静に、というより、検閲でもするように見ている。

ひょっとして、取り締まりなのか。時折、芝居について、御政道批判はないか、幕府は隠密に調査することがある。

しかし、忠光ほどの高位にある者が自ら出向いてそのようなことをするはずはない。

四段目が終わったところで、

「行くぞ」

忠光は立ち上がった。征史郎は視線を泳がせた。

「ですけど、これからが名場面、見どころですよ」

征史郎が言ったように、忠臣蔵でも人気の高いお軽《かる》、勘平《かんぺい》の道行きはこれからである。

「かまわん」

忠光は踵を返した。

（かまわなくないよ）

征史郎は後ろ髪を引かれる思いで桟敷席をあとにした。

「征史郎、吉林に行くぞ」

忠光は宗匠頭巾で顔を隠した。征史郎は辺りを見回し、町駕籠を呼びとめた。忠光は無言で駕籠に乗り込んだ。征史郎は忠光の駕籠を守るように横を歩いた。

吉林に着くと、征史郎と忠光はいつもの離れ座敷に向かった。庭から梅の香が漂ってくる。鶯の鳴き声と相まって、春を感じる心地よさだ。

「ようこそ、おいでくださいました」

女将須磨《すま》の着物も梅と鶯が描かれていた。

「料理は適当に。まずは、酒じゃ」

忠光は告げた。酒が来る間、忠光は庭を鑑賞し言葉を発さなかった。その秘密めいた態度が征史郎にはよけい気になる。気詰まりを感じながら時を過ごしていると、須磨が仲居と共に、酒と料理の膳を運んで来た。

「お待たせいたしました」

須磨と仲居は膳を並べた。鯛の刺身、雉の味噌焼きなどが黒漆の器に品良く並べられている。

「では、わたくしどもは」

膳の配置を終えると、須磨は気をきかせて仲居たちと席を外そうとした。が、

「いや、かまわん」

忠光は席に留まるよう促した。意外な目をする須磨に、

「酒の相手をせよ、ということではない。ちと、聞きたいことがある」

淡々とした口調で言い添えた。

「さようでございますか」

須磨は仲居達にも目配せし、座敷に留まった。

「聞きたいことは……。仮名手本忠臣蔵についてじゃ」

忠光の意外な問いかけに須磨も仲居も、そして征史郎も一瞬、ぽかんとした。

「どうした？　仮名手本忠臣蔵を知らぬのか」

「いえ、そういうわけでは」

須磨は蒔絵銚子を取り上げ忠光に差し出した。

二

「いきなり出雲さまの口から忠臣蔵のことが出たから、みな戸惑ったのですよ、なあ」

征史郎が仲居たちを見回した。皆、困ったような顔をしてうつむいている。

「そうか、では、問いなおそう。あの芝居、好きか」

忠光は杯に口をつけた。

「好きですよ」

須磨が言うと、仲居達もうなずく。

「どんなところが好きなのじゃ」

忠光は問いを重ねる。

「見どころが多いですけど、お軽と勘平の道行きなんかきれいで、いいですわね」

須磨はうっとりとした顔をした。

「ね、そうでしょ。だから、引き止めたのですよ。それなのに、出雲さまは……」

征史郎はすかさず言い添えた。

「そうか、道行きな」

忠光は杯を口に当てたままである。

「でも、あの芝居の良さは主君の仇を討つことだろう」

征史郎はがばがばと酒を飲んだ。

「それは、そうですけど。女の目はつい役者の衣装や舞台の方に目が行ってしまうのです」

須磨はそれから、どの役者のお軽がいいかと語り、仲居達も一度でいいから連れて行って欲しいと夢見心地の顔をした。

征史郎は早苗を連れて行きたくなった。忠光は、ふんふんと聞いていたが、

「分かった。もう、下がってよいぞ」

須磨に席を外すよう促した。須磨や仲居が出たところで、

「出雲さま、真意をお聞かせください」

「真意？」

「芝居見物の真意です。何故、わたしと芝居見物など」

「そなたを連れて行ったのは、わしの護衛のためだ。忍びでの芝居見物であったのでな」

忠光はけろりと返してきた。

「なるほど、それは分かります。では、お忍びで芝居見物をなさったわけは？」

「それはな、これじゃ」

忠光は懐中から書付を取り出した。三通ある。

「目安箱への投書ですか」

征史郎は書付を取り上げた。

「そうじゃ。差出人の名が記されていないため、取り上げる必要はないのじゃがな。ちと、気になる」

征史郎は忠光の了解のもと、書付を読んだ。

――今度の勅語奉答の儀、気をつけられたし――

――勅語奉答の儀の時、何かが起きる――

――仮名手本忠臣蔵以上の事件になる恐れあり――

「一体これは」

征史郎はいぶかしんだ。

「さあな、はじめのうちは性質《たち》の悪い悪戯と思ったのだが」

投書は五日ばかり前から続いているという。

「何者かが、勅語奉答の席を汚すようなことを企てておるということでしょうか」

勅語奉答の儀とは毎年、二月の下旬から三月の中旬にかけて、朝廷より天皇の御言葉を携えた使者が江戸城に遣わされ、将軍が返答を行う儀式である。元禄十四年（一七〇一年）の三月十四日、この儀式の最中に勅使饗応役播州赤穂城主浅野内匠頭が高家吉良上野介に刃傷《にんじょう》に及んだことは有名だ。

「赤穂の一件の時は、勅語奉答の儀を白書院から黒書院に変更して行われた。奉答の儀自体は滞りなく行われた」

忠光は淡々と述べた。

「すると、仮名手本忠臣蔵以上の大事件とは」

征史郎は小首を傾げる。

「それが、分からん」

「出雲さまは、それを確かめようと芝居見物を。しかも、松の廊下を題材にしている四段目までをご覧になったのですね」

「そう思ったのだが、あれはあくまで芝居。実際に起きた出来事とは異なる。大して参考にならなかった」

忠光は杯を重ねる。

「もう、五十年も前の事件ですね」

「それが、芝居になって大変な評判を得ている。不思議なものだな」

「最初に上演されたのは人形浄瑠璃で四年前のことだそうですよ。寛延元年（一七四八年）、大坂の竹本座だそうです」

「そうか」

忠光はさして関心なさそうに鯛に箸を伸ばした。

「その年に上演したというのはわけがあるんですよ」

征史郎は思わせぶりな笑みを送った。

「なんじゃ、思わせぶりな笑いなどしおって。どんなわけがあると申す」

忠光は淡々と聞いてきた。

「寛延元年は大石内蔵助《おおいしくらのすけ》ら赤穂浪士が切腹した年から四十七年目に当たるのですよ」

「なるほど、四十七士にひっかけておるということか」

忠光は薄く笑った。

「今回の勅使饗応役と高家の間に何かがあるということでしょうか」

「さあな、今のところこれだけでは、なんとも」

忠光は顔をしかめるばかりだ。

「しかし、浅野事件の再来とは思えませんな」

征史郎は腕組みをした。

「ほう、何故じゃ？」

「浅野内匠頭は吉良に刃傷に及びましたが、殿中で刀を抜いたのは浅野だけです。従って、浅野が処罰されたのは当然。ただ、吉良との間に何か因縁がなかったか、十分なお取り調べを行わずにその日のうちに御家断絶、切腹という処罰がくだされたことに、世人の間で浅野への同情が湧きあがったのです。そのうえ、大名を庭先で切腹させたという、御公儀の仕打ちに対しても同情の念が起こりました」

「ほう、そなた、馬鹿に詳しいではないか。政には関心がないと思っておったが」

　忠光はからかうような口調をした。

「この一件に限りましてはいささか、興味がございまして、いくつかの資料を読んだことがあります」

「ふむ、そうか。それで、浅野事件の再来とは思えぬわけは？」

「浅野の処罰とは別に、勅語奉答の儀は滞りなく行われたからです。ですから、奉答の儀に影響を及ぼす大事となりますと」

「別のことか。ふん、すると、奉答の儀そのものを妨害するということか」

　忠光は重い物を背負うような苦渋の色を浮かべた。

「今回、朝廷よりまいられる勅使はどのような方々なのです」

　忠光に征史郎は酌をした。

「正使は広橋兼胤《ひろはしかねたね》卿、従二位権大納言。何度も勅使として下向して来られておる。副使は錦小路《にしきこうじ》有常《ありつね》卿と申される若い公家じゃ。官位は従三位参議だそうだが、どんな御仁かは京都所司代松平豊後守《まつだいらぶんごのかみ》殿に問い合わせておる」

勅使は江戸城で饗応役の大名から上げ膳、下げ膳の丁重なもてなしを受ける。そればかりか、幕府から莫大な土産を持たされた。大いなる役得がある職務として朝廷では人気がある。

「これは、ひょっとして、田安さまが、なんらかの関わりを」

征史郎は遠慮がちに口にした。

「ふむ、わしもそれを考えておったところじゃ」

忠光は厳しい目を返してきた。

「投書に差出人の名がないということは、このような大事、とても名乗り出るわけにはいかんということですか」

「そうも、取れるが」

忠光は考えあぐねる風である。

「少々、探ってみましょうか」

「探る、そなた、田安卿の身辺を探ることなどできるのか。ああそうか、吉蔵と一緒にな」

「いいえ、わたし単独で」

征史郎は海野玄次郎のことを持ち出した。

「ですから、一つ、海野殿を訪ねるふりをして、屋敷の中を」

「なるほどな。しかし、やめておいた方がいいな」

「何故でございます」

「そなたは、内偵ができるような男ではない」

「この身体ですからな。ははは」

征史郎が愉快そうに笑ったあと、

「吉蔵を連れて行きます」

「でもな」

忠光は迷っている風だ。

「どうなさったので」

「田安卿は五摂家筆頭近衛家の姫を正室に迎えておいでじゃ。朝廷での評判も上々。そのようなお方が勅語奉答の儀を妨害など」

「ですから、自分の仕業とは思わせないように、ということではありませんか」

「そうかもしれん。だが、危険すぎる。妨害が明らかとならずとも、関与したというような噂が立っただけで、田安卿は立場を失われる。あの聡明なお方がそのような危険なこと」

忠光は判断しかねるようだった。

三

夕刻となり、忠光は腰を上げた。駕籠を呼び帰途につく。征史郎は番町の屋敷まで護衛することにした。

春とは言っても夕暮れになると風は冷たい。特に大川から渡ってくる川風には容赦のない冷たさが含まれる。征史郎は駕籠の横に張りついて柳橋を渡り、柳原土手を西に向かった。

一日の仕事を終え、家路を急ぐ棒手振りや職人、店の大戸を閉める小僧達で往来は賑わっている。わずかに残った陽を頼りに、彼らは先を急ぐ。土手に植えられた柳が寂しげに揺れ、木陰に夜鷹が姿を見せ始めていた。

稲森稲荷に至る頃には、陽はとっぷりと暮れた。三日月の頼りない明かりと提灯を頼りに駕籠は順調に進む。

と、柳の木陰から悲鳴が聞こえた。女の悲鳴である。

（夜鷹が襲われたか）

征史郎は闇に視線を凝らした。土手を夜鷹が駈け降りて来る。それを追いかけるように数人の人影が駈けて来た。夜鷹を襲ったのではなく、狙いは駕籠、すなわち大岡忠光であることは明白だ。

人影は全部で五人。揃いも揃って、黒装束に身を固めている。すなわち、黒の頭巾、黒の着物、黒の裁着《たっつ》け袴だ。

男たちは駕籠の前に立ちはだかった。

「逃げろ」

征史郎は怯える駕籠かきに言い放つ。駕籠かきはおっかなびっくりに土手を駈け上がった。五人の男は駕籠をぐるりと囲んだ。

「何者だ」

征史郎は誰に聞くでもなく声を放った。

「駕籠の中の者に用がある」

征史郎の正面に立った男が声を放ってきた。頭巾越しのせいか声がくぐもっている。

「用とは何用だ。それと、もう一度聞く。そのほうら何者だ。誰に頼まれた」

征史郎は落ち着いた低い声を浴びせた。

「問答無用」

正面の男の言葉が合図であるかのように男たちは一斉に抜刀した。それに対し、

「はははは っ」

征史郎は哄笑で答えた。三日月に照らされた牛のような大男が肩を揺すりながら笑う姿に男たちは気圧《けお》されたのか、動きを止めた。が、正面の男が大刀を上段に振りかぶり征史郎に向かって来た。

征史郎も前に出た。同時に右足を素早く、そして激しく突き上げた。そこへ男が突っ込んできたものだからたまらない。男は、まともに征史郎の蹴りを喰らい、うめき声を発しながら後方へ飛んだ。それきり、動かなくなった。

残る四人は動揺しながらも、

「おのれ！」

「覚悟せよ！」

などと威勢のいい言葉を連呼しながら征史郎に刃を向けてくる。征史郎は刀を抜かず、駕籠の先棒を両手で摑んだ。次いで、

「そらよ！」

駕籠を持ち上げた。垂れ幕が揺れ駕籠の中が見えた。そこには誰もいない。

吉林を出る時、須磨の手配で南町奉行所に忠光の護衛を依頼した。忠光を乗せた駕籠は今頃、奉行所の役人に護衛され屋敷に戻っているだろう。つまり、この駕籠は用心のための囮《おとり》である。

忠光がいないと分かっても、男たちは引っ込みがつかないのか、刃を振りかざしてくる。

「馬鹿野郎！」

征史郎は駕籠を振り回し、殺到してくる男達を薙ぎ払った。

「ぐえ」

駕籠の直撃を受けた男達は往来に吹き飛ばされた。

「まだやるか」

征史郎は一喝した。男達はすごすごと退散した。その中の一人を征史郎は摑まえた。大刀を奪い、頭巾を剝ぎ取る。間の抜けた顔が現れた。無精髭に覆われ、月代も伸び放題だ。

浪人者だろう。

「きさま、名は？」

「山田喜三郎《やまだきさぶろう》、相州浪人だ」

男は精一杯の虚勢を張るように睨みつけてきた。征史郎は山田の虚勢を削ぐように

「誰に頼まれた？」

着物の襟元を両手で摑んだ。

「知らん」

山田はおどおどしだした。どうせ、金を餌に雇われたのだろう。

「本当に知らんのだ。神田三河町《かんだみかわちょう》の煮売り酒屋で飲んでいたところを、儲け話がある、と、一緒に襲った一人に誘われた」

煮売り酒屋とは、この頃流行り出した酒屋である。もともとは煮売り屋が店先で酒を出すことから始まった。誘った男とは時折、酒屋で顔を合わせるのだという。

「その男の名は？」

「知らん」

男は顔をそむけた。

「とぼけるな」

征史郎は山田の襟首を摑んだまま持ち上げた。山田は宙吊りとなり、両足をばたばたとさせた。

「井坂何某《いさかなにがし》だ。下の名は知らん。上州浪人だという」

征史郎は山田を地に下ろしてやった。但し、襟首は摑んだままだ。

「神田三河町のなんという店だ」

「千寿《せんじゅ》屋という店だ。苦しい」

男は苦渋の色を浮かべた。これ以上聞いても無駄なようだ。

「失せろ！」

征史郎は腕を放した。男は苦しそうな息をしながら道端に落ちた大刀を拾った。鞘に戻そうとしたが、征史郎が背中を見せていることに気づいた。男は、征史郎に向かって仕返しとばかりに斬りかかった。

と、征史郎は振り向きざま抜刀し、男の大刀を跳ね上げた。大刀は夜空に消えたと思うと、ぽとんという音がした。神田川の藻くずとなったのだろう。

「命を粗末にするな」

征史郎は吐き捨てると鼻歌を口ずさみながら悠然と去って行った。男は征史郎の大きな背中が闇に消えるまで、うずくまったまま見送った。


翌日、征史郎は吉蔵と共に神田三河町の煮売り酒屋千寿屋に足を向けた。忠光には昨晩の襲撃の件を書状にして報告しておいた。

襲撃が差出人不明の投書と関係があるのかどうかは分からない。だが、今のところ、探索するにも手がかりすらない状況だ。とっかかりが欲しい。とっかかりと言えば、昨晩の襲撃か田安邸訪問であるが、差し当たって忠光の命を狙った一件を先に調べるのが良いと判断したのだ。

ひょっとして、襲撃者井坂何某の背後に田安宗武がいるかもしれない。

忠光との芝居見物、差出人不明の怪しげな投書、それに襲撃の一件は吉蔵に話した。

吉蔵は、

「いくらなんでも、田安さまが大岡さまのお命を狙うなどということはなさらないでしょう。軽率にすぎますよ」

と、否定的である。

「おれもそう思うが、念のためだ」

征史郎は言った。実のところ、このところ暇を持て余しているのだ。何かせずにはいられない、というのが本音だった。

「若も物好きな」

吉蔵は言いながらも久々の探索を楽しむようにどこか浮き立った顔をしている。今日は、半纏に股引といった渡り中間の格好である。征史郎の方は、六ひょうたん小紋の小袖を着流し、菅笠をかぶっている。

菅笠で顔が隠れている分、腰に差している二尺七寸（約八二センチ）の大刀が周囲に威圧感を投げかけていた。

千寿屋は神田三河町の横丁を入った煮売り屋だった。店先に昆布を煮込んだ匂いが漂っている。まだ、昼の八つ（午後二時）を過ぎたばかりだというのに、店先の縁台には小皿に盛った煮しめを肴に飲んでいる客が数人いた。

渡り中間、浪人といった定職を持っていない連中ばかりだ。

「よし、行くか」

征史郎は菅笠を上げた。たちまち、吉蔵がかぶりを振る。

「若、昨晩、姿を見られているでしょ」

「だが、笠で顔を隠しているよ」

「若の風体は菅笠一つでごまかせませんよ。いいから、ここはあたしが」

吉蔵は言うと、横丁を入って行った。

四

吉蔵は半纏の袖に両手を突っ込みながら千寿屋に入った。小皿に盛った煮しめと熱燗の入ったちろりと猪口を手に店先に置いてある縁台に座った。渡り中間風の男が酒を飲んでいる。

吉蔵も猪口を満たし一口飲んだ。すると、中間は酒が切れたと立ち上がった。すかさず吉蔵は、

「よかったら、どうでえ」

ちろりを差し出した。中間は、おやっというような顔をしたが、すぐににんまりとし、

「すまねえな。ごちになるぜ」

「これもよかったら食いねえ」

吉蔵は煮しめも出した。中間はすまねえと軽く頭を下げた。

「この店じゃ見かけねえな」

中間は猪口に酒を注ぎながら聞いてきた。

「ああ、ちょいと人を探しているんだ」

吉蔵は困った顔をして見せた。

「人を?」

中間は酒の礼とでもいうように話に乗ってきた。

「わけありなんだよ」

吉蔵は声を潜めた。

「どうした」

中間も合わせるように声を低める。

「大きな声じゃ言えねえが、おれが厄介になっている御旗本屋敷でもって開いている賭場でな、大層な借金を作ったお人なんだ。浪人さんでな。この店に顔を出すって、小耳に挟んだんで来てみたんだ。おらあ、賭場の使いっ走りよ」

吉蔵は情けないというようにうなだれた。

「そいつは、災難だな。で、その浪人、名は?」

「上州浪人で、名字しか分からねえんだが、たしか、井坂さまとかいったな」

吉蔵は中間にすがるような目を向けた。

「井坂さまか」

中間は知っているようだ。

「知ってるのかい」

「ああ。評判の悪い御仁だ。方々の賭場や店から出入り止めを食っているぜ。初めのうちは、用心棒に雇われるんだがな、そのうち、賭場じゃ博打、店じゃ飲み食いする。最初のうちは用心棒代から差っ引くんだが、段々、用心棒代じゃおっつかなくなるってわけだ」

中間はおかしそうに笑った。

「笑いごとじゃねえや。おいら、井坂さまから借金取り戻さなきゃ、大変なことになるんだ」

吉蔵は自分の首に手刀を当てた。

「そいつはお気の毒だな」

「で、今、この店にいなさるのか」

吉蔵はおっかなびっくりの目で店を見回した。

「今んところはまだだな。もうそろそろなんだが。来たら、教えてやるよ」

「すまねえ。ま、飲んでくれ」

吉蔵は酒と煮しめの替わりを持って来た。中間はすっかり、上機嫌になった。そう

して酒を酌み交わすうちに、

「おい、来なすったぜ」

中間から囁かれた。視線を追うと、羽織、袴の男が店に入って来る。羽織の紋は擦り切れて見えず、袴には折り目がなく、膝の辺りはつるつるに光っている。当然、月代も無精髭も伸び放題だ。

井坂は目だけを異様にぎらつかせ、ふんだくるようにして酒と煮しめの小皿を受け取ると、吉蔵とは背中合わせに座った。

吉蔵はそっと立ち上がると、中間に口を閉ざすよう目で合図した。中間は黙ってうつむいた。井坂は何事かぶつぶつとぼやきながら酒を飲み始めた。吉蔵は忍び足で店を抜け出すと、横丁から往来に出た。

天水桶の陰で征史郎が待っていた。

「待ちくたびれたぞ」

征史郎は腹の底から声を絞り出した。

「そんなこと言ったって、相手が来ないことには」

吉蔵は井坂がたった今来たことを告げた。

「そうか、よし」

征史郎は納得したようにうなずくと横丁に入った。千寿屋を見ると、井坂は縁台に腰かけ背中を見せている。

「あの男です」

吉蔵が指差した。

「よし、おまえはここで待ってろ」

「若、人の目があります。手荒な真似はなさらないでくださいよ」

「分かっているとも」

征史郎は言い捨てると、井坂に近づき、いきなり右手で襟首を摑んだ。

「な、何をする」

井坂はちろりと小皿をひっくり返した。

「手荒な真似するなって言ったのに。まったく、分かっちゃいないよ」

吉蔵は顔をしかめる。

そんな吉蔵の心配をよそに、征史郎は井坂の襟首を摑んだまま、縁台から道端に引き摺り出した。酒を飲んでいた連中は突然の大男の乱入に面食らったように鳴りを潜めた。

征史郎は、

「この男には金を貸しておる」

井坂を引き摺りながら声を放った。みな、関わりを恐れ、顔をそむけ、各々酒盛りを再開した。

「放せ」

征史郎に引き摺られながら井坂は手足をばたつかせ、叫び続けた。征史郎は気にも留めず往来まで引き摺って行き、天水桶の脇で立たせた。井坂の背中と腰から埃が飛び散る。

「おい、おれに身覚えあるな」

征史郎は菅笠を上げた。井坂は驚きの目をした。その目を見ただけで昨晩の襲撃者に違いないことが分かる。それでも井坂は、

「知らん。それより、天下の往来でこのような真似をしてただですむと思っておるのか」

「往生際の悪い男だ。なんなら、番屋に突き出してもいいんだぞ。御側御用取次大岡出雲守さま襲撃のとがでな。天下の往来を騒がしたのはおまえだ」

征史郎の口から、忠光の名が出ると、

「大岡出雲守だと」

井坂は口をあんぐりとさせた。

「なんだ、襲撃する相手を知らなかったのか」

「ふむ」

井坂は襲撃した相手が将軍の君側の忠臣と知り、狼狽しているようだ。目を落ち着きなくきょろきょろとさせ、額に汗を滲ませている。

「誰に頼まれたんだ」

征史郎は詰め寄った。

「知らん」

井坂は言葉に力がない。

「知らんはずがなかろう。白状すれば、番屋行きは勘弁してやる」

征史郎は言葉と目に力を込めた。

「だが、本当に知らんのだ。昨日、この店で飲んで出たところを、いきなり言い寄って来た者がいた。背中に大きな風呂敷包みをしょっておったところからすると、行商人かと思った。その男から、儲け話だといって金五両を渡された」

井坂の言葉にうそはないようだった。

行商人は金五両を渡し、吉林から大男が護衛する駕籠を襲撃せよ、但し、命は奪うな。財布は奪ってもいい。身分の高い武家であるから財布の中身は相当だと言ったという。

「命は奪うなと言われたのか」

「さよう。脅すだけだと。それなら、面白そうだと、千寿屋に引っ返して、仲間を募った。酒の勢いと面白そうなとで、みな一両ずつで話に乗ってきたのだ。財布の中身は山分けということでな」

「おまえも武士だろ。まったく、地に落ちたものだな」

「どうせ、食い詰め浪人だ」

井坂は自虐的な笑いを浮かべた。

「行商人はどんな男だった」

「さあ、おれは酔っておったし、相手は手拭で頬かぶりしておったし、面体は覚えておらんが、そうだ、言葉に上方訛《なま》りがあったような」

「上方訛りだと」

征史郎は言葉をなぞった。

「うむ、上方訛りだった」

「上方のいずこだ。大坂か京か」

「さあ、そう聞かれても、わしには上方訛りとしか」

井坂は困惑するばかりだ。

「分かった。もういい。もう二度と馬鹿な真似はするなよ」

征史郎は井坂を放した。井坂は舌打ちしながら去った。吉蔵が寄って来た。

「何か分かりましたか」

征史郎は井坂から聞いたことを話した。

「上方から来た行商人。江戸じゃ珍しくありませんね」

「そうだよな。上方の商人が出雲さまを襲う理由があるのか」

「行商人の格好をしていただけで、実態は違うかもしれませんがね」

「上方のいずこかの藩の隠密ということか。あり得ぬことではないな。それと考えられるのは、都の公家《くげ》の手先」

征史郎は目安箱の投書にあった勅語奉答での重大事発生を予告する書付を思い出した。

「そう考えれば、昨晩の襲撃と目安箱の投書はなんとか繋がりますが。ですが、お公家さんが大岡さまのことを」

「まあ、想像するだけだがな。それと、脅すだけで、命は奪うなと釘を刺したところも気になる」

「そうですね。普通脅しであれば、脅す相手のことを分からせた方が効果はあるというもの。それが、正体不明の者から脅されたとしても」

吉蔵も考え込む風だ。

夕闇が忍び寄ってきた。征史郎の胸を言いようのない不安が過《よぎ》った。

第四章　田安屋敷

一

翌日、征史郎は吉蔵を伴い田安宗武の屋敷を訪れた。征史郎は羽織を着込み、吉蔵は昨日同様渡り中間の格好をしている。

田安邸は江戸城の北の丸、田安御門内にある千鳥ヶ淵を望む一万三千坪の屋敷だ。当主宗武はこの年、従三位参議の官位にあり三十七歳の働き盛りである。文武に秀でた聡明さは、つとに評判であり、未だに将軍に推す声があとを絶たない。

そんな宗武の屋敷とあって、正門には多くの客人が列を成している。征史郎と吉蔵は裏門から入った。前もって玄次郎に訪問を告げてあったので、番士に要件を告げるとすんなりと入ることが許された。

裏門近くの台所棟を過ぎ、広い庭に出たところで、剣術の稽古の声がした。声がする方を見ると道場がある。坂上道場よりも一回り大きい立派な道場だ。道場の前で吉蔵に担がせた挟《はさ》み箱の中から道着を包んだ風呂敷を取り出すと征史郎は玄関に入った。

「もっと、踏み込め!」

玄次郎の気合いが響いている。

「頼もう!」

征史郎は道場内の喧噪に負けないくらいの大声を張り上げた。板敷の奥から道着姿の玄次郎がやって来た。

「おう、征史郎。ようまいった」

「失礼つかまつる」

征史郎は一礼して中に入る。玄次郎が玄関を入ってすぐ右手にある座敷に導いた。八帖の座敷だ。道場内の座敷のせいか、床の間に山水画の掛け軸と梅の花を生けた花瓶があるだけのいたって質素な部屋だ。

「まあ、まずは茶など」

「いや、おかまいなく」

自慢げな表情で茶を勧める玄次郎を征史郎は手で制した。

「酒ではない。茶の一服くらいはよかろう」

玄次郎はかまわず、門弟の一人に茶を運ばせた。

「どうじゃ」

「さすがは、田安宰相さまの道場にございますな。材質といい大きさといい」

「無論、稽古の方もじゃ」

玄次郎はニヤリとした。征史郎は横を向いて運ばれて来た茶を啜った。

「坂上道場の借財、まだ相当残っておるのであろうな」

玄次郎は探るような視線を向けてくる。

「残りがどれくらいかは知りませんが、順調に返済しております」

「ほう、そうか。実はな、正月、弥太郎殿に会って、早苗殿を娶りたいと申し出た。今のわしであれば、借財がどれだけあろうと、肩代わりができるからな」

玄次郎は田安宗武の権威を露骨に示すように、部屋を見回した。

「……………」

征史郎はあえて言葉は返さなかった。その代わり胸に黒々とした不快感が込み上げる。

「稽古していくか」

「そうですな。そのつもりでまいりました」

征史郎は風呂敷包みを手に取った。

「よし、では、道場にて待つ」

玄次郎は部屋を出た。征史郎は道着に着替えながら吉蔵のことを思った。吉蔵は今頃、屋敷内を探索しているはずである。

征史郎は紺の道着に着替え道場に出た。巨漢の出現に門弟達が驚きの目を向けてきたが、稽古の手を休めることはなく汗を流している。玄次郎は見所《けんじょ》にどっかと端座し目を光らせている。

道場には田安家に仕える武士ばかりが二十人ほどいる。田安家の家臣はみな、幕府からの出向組だ。直参の子弟ばかりが詰めていた。そのせいか、荒ぶれた様子はなく、みな品良く、淡々と稽古にいそしんでいる。

坂上道場と試合する相手は玄次郎が運営する町道場の者ばかりだ。稽古を見たところで、試合の参考にはならない。

玄次郎が見学を許したのも、自分の成功を自慢したいのと、試合の参考にならないという計算があるのだろう。

征史郎は道場の隅で木刀をふるい始めた。

――びゅん、びゅん――

征史郎の木刀は道場内の空気を震わせた。下半身は大地に根を張る大木のように微動だにしない。剣術の心得がない者でもその姿は見とれるほどに力強く且《か》つ美しい。

すると、男が一人玄次郎の側に駆け寄った。

そっと、耳打ちをする。玄次郎の顔が引き締まった。立ち上がり、

「宰相さま、お越しじゃ」

場内を見回すと、すっと見所を空け脇で正座した。征史郎も木刀を置き、正座する。やがて、小姓を伴った田安宗武が現れた。征史郎は顔を伏せながらも上目づかいに様子を窺う。

両側の羽目板に沿って正座した。みな、一斉に稽古の手を止め、

文武両道に秀でたという評判通りの眉目秀麗な顔立ち、巨漢であったという父徳川吉宗の血を受け継いだ逞しい身体つきをしている。宗武は紺の道着に包んで涼しげな眼差しで道場を見回した。

みな、両手をついて頭を下げている。宗武は見所に座り面《おもて》を上げるよう告げた。よく通る明晰な声音だ。皆、機敏な所作で上半身を起こす。

「宰相さまにおかれましては、わざわざのお越し、皆、身の引き締まる思いにございます」

玄次郎は追従《ついしょう》を送る。

「久しぶりに、汗を流そうと思ってな」

「承知つかまつりました。それでは、拙者が」

玄次郎が言うと、

「いつも海野ばかりではな」

宗武は薄く笑った。

「お言葉ですが、ここにおる者で、宰相さまのお相手になるほどの腕を持つ者となりますと、不肖、この拙者しかおりませぬ」

玄次郎は丁寧な物言いの中に、自信を滲ませる。

「それも、そうか。致し方ないか」

宗武は言葉を止めた。征史郎に視線を送ってくる。玄次郎は宗武の視線を追ってきた。征史郎に気づき、あわてた様子で宗武に向き直る。

「あの者は、拙者が師事しておりました、無外流坂上道場の門弟で花輪征史郎と申します。本日、本人の希望によりまして、道場の見学を許した次第にございます」

玄次郎はよそ者を宗武の許可なく道場に上げたことに焦りを感じたのか、言葉を上ずらしている。だが、宗武は一向に気にする素振りを示さず、

「では、近々、対抗試合をする相手であるな」

それどころか、好奇に満ちた目を向けてきた。征史郎は両手を膝に置き、頭を下げた。玄次郎は、「御意《ぎょい》」と答える。

「花輪征史郎とは、ひょっとして目付の花輪征一郎と関係があるのか」

「はい。征一郎の弟でございます」

征史郎は宗武に身体を向けた。

「ほう、弟のう」

「兄とは似ても似つかぬ不出来者ですが」

征史郎が言い添えると宗武は頬を緩める。

「面白い奴じゃ」

玄次郎は征史郎を無許可で道場に招いたことをとがめられなかったことで、安堵の表情を浮かべ、

「では、宰相さま。お手合わせお願い申し上げます」

「いや、そのほうとはせぬ。花輪、手合わせいたそうぞ」

宗武は立ち上がった。玄次郎は引き留めようとしたが、宗武は木刀を持ち、さっさと道場の真ん中に向かう。征史郎は玄次郎を見た。が、

「さあ、手合わせいたそうぞ」

宗武に促され断るわけにもいかず、木刀を手に取る。玄次郎は顔をしかめ、

――手加減せよ――

という言葉を目に込めた。征史郎は気づかぬふりをして宗武の前に立った。道場に緊張が走る。

「おお、逞しいの」

宗武は笑顔で見上げてきた。

「畏れ入ります」

征史郎はそっと、頭を下げる。

「いざ、まいろうぞ」

宗武は木刀を大上段に構えた。宗武の肩越しに玄次郎の訴えかけるような顔がある。そんな玄次郎の心配を絶ち切るように、

「言っておくが、手加減は無用ぞ。いや、手加減をしてはならん。これは、余の命じゃ。よいな」

宗武は征史郎を向いているが、玄次郎に対しても言い聞かせているようだ。

「御意にござります」

征史郎は軽く頭を下げると、木刀を正眼に構えた。

道場にぴんと緊張の糸が張り詰められた。

二

その頃、吉蔵は中間部屋にいた。大名や旗本の中間部屋というと荒ぶれたものを想像するが、田安宗武の屋敷とあって、博打をする者もなく、すさんだ空気もない。板敷の間には三人の中間が煙草をくゆらせたり、申しわけ程度に色のついた茶を飲んでたわいもない話をしている。

吉蔵も腰の煙草入れから煙管を取り出し、

「すまねえが、火を貸してくれ」

煙草を吸っていた中間を捉《つか》まえた。中間は機嫌良くうなずく。

「あんた、あの大きなお侍について来たのかい」

中間に聞かれ、

「そうよ」

「あの、お侍、何者だね」

「花輪征史郎さまとおっしゃって、御直参だよ」

「ふ～ん、そうは見えなかったがな」

中間は煙を吐き出した。吉蔵は、屋敷内の道場の見学に来たことを言い添え、持参した五合徳利を前に置いた。

「いやな、おれのような者が田安さまの御屋敷にお出入りできるなんて、一生に一度あるかないかだ。中間仲間に自慢してやるよ」

「まあ、大した御屋敷だよ」

中間は目を細め、「これ、ごちになっていいのか」と舌舐めずりをした。吉蔵は、「もちろん」だと返すと、部屋の隅から茶碗を二つ持って来た。吉蔵は早速、徳利を持ち上げ中間に酌をした。

中間は一息に飲み干すと、「ふ～っう」と笑顔を広げる。

「田安さまは、ことのほか武芸にはご熱心だそうだが」

吉蔵は再び酌をした。中間はうなずきながら酌を受ける。

「そのせいなのかなあ」

吉蔵は中間から顔をそむけ視線を泳がせた。

「何がだ」

中間は好奇の目を向けてきた。

「御屋敷の端に離れ家があるだろう」

吉蔵は池に面して建てられた数寄屋《すきや》を持ち出した。

「ああ、普段は茶室なんだがな。それが、どうした」

「茶室なのか。おれも、数寄屋造りからして茶室とは思ったんだが、それにしちゃあ、無骨なお侍が数人、離れ家の周りを警護しておられるからな。茶室を警護とは、武芸奨励の田安さまらしいと思ったんだよ」

吉蔵は無理やり話をこじつけた。が、中間は疑う素振りもなく、

「よくは知らねえが、やんごとなきお客人がお泊りになっておられるそうだ」

中間は、「やんごとなき」に力を込めた。

「やんごとなき、とは思わせぶりだな」

吉蔵が笑いかけると、中間はほろ酔い加減になりにんまりとした。

「いずこかの姫君かい」

吉蔵は下卑た笑いをして見せた。

「いや、それが、男だ」

中間も釣られたように笑う。

「男でやんごとなきとは」

「よく知らねえが、都からのお客人らしいぜ」

「すると、お公家さんか」

「そんなとこだろうぜ。おれも、一度だけ、庭を散策なさっておられるのを遠目に見かけただけだからな。なんと言うんだか知らねえが、あの、ほれ、ひらひらした着物」

中間は両手で半纏を摑み、ひらひらやって見せた。どうやら、狩衣のことを言っているようだ。

「ふ〜ん、田安さまは、武芸ばかりか学問や和歌などもお上手というからな。都から、お公家さまをお招きになってもおかしくないやな」

吉蔵は茶椀酒に一口だけ口をつけた。

「なにせ、奥方さまは近衛さまの姫君だ」

中間も納得するような顔をした。田安宗武の妻は五摂家筆頭近衛家久《いえひさ》の娘通子《みちこ》だった。

「田安さまとは、すげえお方だ」

吉蔵が言うと、

「大きな声じゃ言えねえが、田安さまこそが将軍さまにお成りになられるべきと噂されてるぜ。なにせ、今の公方さまときたら」

中間はここまで言ってから、さすがにまずいと思ったのか茶碗で口を塞いだ。

「いやあ、いい土産話ができたぜ」

吉蔵は中間部屋を出た。そっと、数寄屋の方に向かう。遠目ではあるが、数寄屋が見えた。すると、頭を丸め黒の十徳《じっとく》に身を包んだ初老の男が数寄屋のにじり口から出て来た。小者を一人従えている。小者は薬箱を持っていた。どうやら医師、それも身なりからして、相当な地位にある医師であろう。

客人、おそらく、京から来た公家を診療したのか。医師は池の畔を歩いて来る。大きな枝ぶりの松があった。とっさに、吉蔵は松の木陰に身を隠した。すると、若い侍が医師を追いかけて来た。侍と医師は池の畔にたたずんだ。

「せんせ、殿さん、大丈夫ですやろか」

「とにかく、安静になさることですな」

「勅語奉答の儀は五日後ですわ」

「静かに過ごされれば、なんとか御役目を果たすこと、できるでしょう」

医師は言い残すと、足早に去って行った。侍は心配そうに顔をくもらせ、数寄屋に戻った。

若い侍は言葉使いからして数寄屋に逗留している公家に仕える家士、いわゆる公家侍に違いない。そして、その公家侍は勅語奉答の儀と口にした。すると、公家は朝廷から派遣された勅使なのだろう。その勅使は、田安屋敷に逗留し、病に伏せっているのだ。

一方、道場では、

「いざ!」

宗武が鋭い声を上げると木刀を上段から振り下ろしてきた。征史郎はそれを受ける。とたんに、宗武は背後に飛び退いた。手にずしりとした重みを感じた。宗武の修練を感じる。身のこなし方も堂に入ったものだ。

宗武は正眼に構え直した。征史郎もそれに合わせるように正眼の構えを取る。両者の間合いは三間ほどになった。

二人はそのまましばらく睨み合った。道場内は水を打ったような静けさが漂い、みな瞬きすることも許されないような緊張の面持ちとなっている。

宗武はすり足で寄せて来た。征史郎は正眼の構えから、宗武を誘うように木刀を上段に上げた。宗武は征史郎の胴をめがけて木刀を横に一閃させた。征史郎は上段から木刀を振り下ろした。

――かき～ん――

征史郎の木刀が宗武の木刀を上から叩いた。宗武は体勢を崩し、前のめりになった。道場に悲鳴ともつかない声が漏れた。玄次郎の顔が歪む。

宗武は悔しげに口を曲げ、体勢を立て直すと、

「まだ、まだ」

征史郎めがけて突進してきた。木刀を激しく振るう。征史郎は一太刀一太刀をしっかりと受け止める。宗武は攻撃を止めない。額や首筋は汗まみれとなった。征史郎は涼しい顔で立っている。

大人に相撲を挑む子供のようだ。

宗武は肩で息をし、

「手加減いたすな、と命じたはずじゃぞ」

征史郎に怒声を浴びせた。自分の姿が惨めになったのだろう。征史郎は下段に構え

た。宗武は腰をため、渾身の力を込め、突進してきた。

「とう!」

征史郎はこの日初めての気合いを発した。

次の瞬間、宗武の木刀は天井高く跳ね上がり、板敷へと落下した。宗武は道場の真ん中で呆然と突っ立った。道場に重いため息が広がった。すると、宗武は悔しさに目を血走らせ、

「まだ、まだ」

木刀を拾おうとした。それを征史郎は、

「これまでにござる」

木刀に伸びた宗武の手を自分の木刀で制した。宗武は憤怒の形相を向けてきた。

「これまでで、ござる。田安宰相さま」

征史郎は片膝をつき、静かに繰り返した。宗武はこれ以上抵抗することは、己を汚すことになるだけと悟ったのか、

「うむ。花輪征史郎見事であったぞ」

精一杯の虚勢を張るように表情を落ち着かせた。小姓が駆け寄り、濡れ手拭を差し出した。宗武は顔と首筋を拭い、玄次郎を振り返った。

「この者、なかなかの腕じゃ。手強い相手ぞ。くれぐれも、油断いたすな。対抗試合でわしの汚名をそそぐのじゃ。よいな」

「承ってございます」

玄次郎は両手をついた。

宗武は哄笑を放つと道場から出て行った。

すぐに、玄次郎が駆け寄って来た。怒りの顔である。

「おい、何故、手心を加えなかったのじゃ」

「宰相さまのご命令でしたので」

征史郎は悪びれることもなく言い返す。

「それは、そうだが。そこのところをうまくやるのが、剣術指南と申すものぞ」

「すると、海野殿はその辺の手加減をしながら、剣術指南をなさっておられるのか」

「方便と申すものじゃ。まったく、融通が利かんのう。そんなところは、先生にそっくりだ」

玄次郎は怒りを引っ込め、呆れたような顔をした。

「仕方ありませんな。性分ですので」

「そんなことでは、宰相さまに推挙できんぞ」

「以前にもお話し申し上げましたが、推挙いただかなくて結構にございます」

「ま、好きにせい」

玄次郎は理解できないというように横を向いた。

「では、試合当日にお目にかかりましょう」

征史郎は一礼した。

玄次郎は踵を返した。が、すぐに征史郎に向き直り、

「そうじゃ、当日、わしは道場主同士ということで弥太郎殿と相まみえるつもりでおったが、こうなっては致し方ない。征史郎、おぬしと勝負じゃ」

睨《ね》めつけてきた。

「望むところ」

征史郎は言葉に力を込めた。

三

征史郎が道場を出ると、吉蔵が近寄って来た。吉蔵は無言で、聞き込みを行ったことを合図してきた。征史郎は目でうなずき返す。吉蔵は征史郎の道着を挟み箱の中に

入れ、肩に担いだ。

二人は裏門から外に出た。燕が千鳥ヶ淵を渡っていく。春風に水面が揺れ、銀色の輝きを放っている。御堀端の桜の蕾がほころんでいた。

田安御門を抜け九段坂を降りて行った。

「田安さまの御屋敷に若い公家が逗留しておるのか」

征史郎は吉蔵から離れ座敷のことを聞き、思案するように言った。

「なんという公家なのかは、分かりませんが勅使ですから、じき何者か分かるでしょう」

「まさか、井坂に出雲さまを脅すよう依頼した行商人と繋がりがあるのであろうかの」

「ひょっとして、公家侍が行商人に扮したなんてことは」

「あり得ぬことではないが……」

征史郎は腕組みをしてうなった。

「京の都と上方訛り、繋がるのは上方ということだけですけどね」

吉蔵は慎重な姿勢を崩さない。

「それは、そうだがな」

征史郎は足を速めた。

「あっしは、ひとまず、大岡さまへご報告に行ってきます」

「そうか、頼む」

「そうだ。若が田安さまと手合せをしたことも報告してきますよ」

吉蔵はうれしそうな顔になった。

「好きにしろ」

征史郎は両手を懐に入れて歩き始めた。肩が揺れ、風を切っていくようだ。

征史郎は自宅に戻った。裏門を潜り、下中長屋に向かって歩いて行く。陽は斜めに傾き征史郎の巨漢の影を地に引かせる。影が長屋に向かう征史郎を先導しているようだ。十坪ばかりの狭い庭に咲くたんぽぽが寂しそうに揺れていた。

長屋の格子戸を開けると、

「えい！」

幼な子の声がした。

「亀千代、悪戯か」

征史郎は亀千代が放った短い木刀を摑んだ。亀千代は、

「剣術の稽古でございます」

うれしそうな顔を向けてくる。

「剣術は十歳になってからではないのか」

征史郎は正月の話を持ち出した。

「いやです。もう、習うのです。叔父上さまのように立派な武士になるのです」

征史郎は胸が温かくなった。

「そうか。でもな、叔父さんは立派ではないぞ」

「でも、強いのでしょ」

「強いのと立派なのとは違う」

征史郎は亀千代を抱き上げた。亀千代はつぶらな瞳をくりくりと輝かせる。

「どう、違うのですか」

「それはな」

征史郎は分かりやすく説明しようとしたが、うまい言葉が思い浮かばない。

「そうじゃな、亀千代の父上のようなお人のことを立派な武士というのだ」

征史郎は亀千代を抱いたまま庭に出た。爽やかな風が月代を吹き抜けて行く。亀千代は小首を傾げた。考え込んでいる風だ。

「それでは、わたくしは強い武士になります」

「亀千代、おかしなことを申すでない」

征史郎は地べたに亀千代を下ろした。

「そなたのお父上は武士道を貫いておられるぞ。わしのように遊び呆けてはおらん、なあ」

亀千代はしばらく征史郎を見上げていたが、

「はい」

にっこりと微笑んだ。すると、

「やはり、ここにいたのですか」

志保がやって来た。紬の着物で落ち着いた美しさを漂わせている。

「叔父上にご迷惑をかけていたのでしょ。いけませんよ」

「迷惑などかけておりません」

「そうです、姉上。亀千代と武士道について語り合っておったのです」

征史郎は亀千代の頭を撫でた。亀千代は大きくうなずく。

「武士道ですか」

志保はおかしそうに肩を揺すった。すると、お清がやって来た。

「奥さま、殿さまがお帰りでございます」

「分かりました。さあ、亀千代」

志保は亀千代の手を取った。

「亀千代、立派な武士のお帰りだぞ」

征史郎は声をかけた。亀千代はおかしそうに笑った。

「どうしたのです」

志保は怪訝な顔を向けてきた。

「いえ、なんでもございません」

征史郎は横を向いた。

「いやですよ。男同士で内緒話なんぞ」

志保は笑顔を残して亀千代の手を引き御殿に向かった。

亀千代との束の間の語らいが征史郎の心を和ませてくれた。

（おれも世帯を持つか）

ふと、一家を構えることへの憧憬が脳裏に浮かぶ。じきに、早苗の顔が浮かんだ。

しかし、それは許されない。直参旗本の次男坊に生まれた征史郎にとって縁談は他家への婿養子入りを意味する。

相手は、花輪家と同格の家柄であることが条件となるのだ。家と家との問題であり、そこに征史郎の意志が介在する余地はない。

それに、なにより、早苗の気持ちを確かめているわけではない。聞く勇気もない。

それだけに、玄次郎が恨めしくもあり、羨ましくもあった。

「おのれ、負けんぞ」

征史郎は玄次郎への対抗心に身を震わせた。


一方、吉蔵は忠光の屋敷を訪れた。

吉蔵は書斎で忠光と面談した。

忠光は目の下が黒ずんでいる。吉蔵の視線に気づいたのか、

「勅使御一行がまいられるのでな。勅語奉答の儀の準備やらで、追われておる」

薄く笑って見せた。吉蔵はおもむろに田安邸で聞き込んだ、公家の話をした。

「公家か」

忠光は思いを巡らせるように視線を泳がせる。

「何か、お心当たりが」

吉蔵は遠慮がちに聞く。

「その公家、勅使広橋大納言殿の副使錦小路殿かもしれん」

「しかし、普通は、勅使御一行は伝奏屋敷にご逗留なさるのでは」

吉蔵は小首を傾げた。

「そうじゃ。通常はな」

「何やら、お心にひっかかるものがおありのご様子ですが」

「目安箱に、相変わらず不審な投書が続いておる」

「勅語奉答の儀に不測の事態が起こるというものですか」

吉蔵は征史郎から差出人不明の投書のことは聞いていた。

「それがじゃ、あれから、もっと過激な内容の投書になっておる」

忠光は文机に置かれている文箱から書付を取り出した。

——勅使に用心せよ——

——勅使は反幕思想を持っている——

吉蔵は読み進み、三通目に視線を落としたところで、思わず声を上げた。

「勅使は公方さまを殺める、なんと、これは……。性質《たち》の悪い悪戯でありましょうか」

「悪戯であるとしても、このままには捨て置けん」

「奉答の儀で不測の事態が起きるとは、公方さまのお命が狙われるということですか」

「分からん。が、京都所司代松平豊後守殿に問い合わせたところ、副使の錦小路という若い公家、かなりの尊皇思想を持っておるらしい。どのような交友関係を持つか、どの程度の反幕思想なのか、おっつけ報せが届く手筈じゃ」

「では、かりに、田安邸に逗留しておられる公家が錦小路さまであるとしたなら」

吉蔵は暗い顔になった。

「田安卿が何やら企んでおられるかもしれんな」

忠光は目に厳しい光をたたえた。

「それから、話は変わりますが、若が田安さまと剣術の手合わせをなさったそうです」

吉蔵は重苦しい空気を和らげようと征史郎と宗武の手合わせを持ち出した。

「ほう、征史郎が。田安卿も武芸の方は熱心に修練を積んでおられるからな。で、いかがなった」

忠光は表情を緩めた。

「手加減するなと命じられたそうで」

吉蔵は手合わせの様子を語った。

「それは、見てみたかったのう。田安卿、さぞや、悔しかったであろう」

忠光は膝を打った。

束の間ではあるが、淀んだ空気が晴れたような気がした。

四

その晩、征史郎は征一郎に呼ばれた。

征史郎が書斎に入ると、征一郎は見台に向かって書見をしていた。征史郎に向き直り、

「おまえ、亀千代に武士道を説いたそうではないか」

「まあ、その、大したことはござらん」

征史郎は小言を並べられると思っていただけに、意外な思いがした。

「どのような、話をしたのじゃ」

征一郎は好奇に満ちた顔を向けてくる。

「ですから、その、なんです。仮名手本忠臣蔵です」

征史郎は咄嗟に言い繕った。

「忠臣蔵じゃと。なんじゃ、芝居の話などしておったのか」

征一郎の顔がくもった。

「いえ、忠義についてです。主君に忠義をなすのが武士道であると」

「忠臣蔵の武士道のう」

征一郎は関心が失せたのか、ぼんやりとした顔になった。

「兄上はいかが思われますか。忠臣蔵が題材としております、赤穂の騒動につきまして」

「浅野事件か。五十年も前のことじゃのう。あの騒動における浅野内匠頭の所業は言語道断じゃ。殿中で刃傷沙汰に及ぶなど、許されることではない。しかもそのうえ、吉良を仕留められなかったとは、武士として情けなき限りじゃ」

征一郎に言わせると、大名ともあろうものが刃傷沙汰に及ぶのはよくせきのことであり、御家断絶を覚悟のうえの行動である。その覚悟で刃傷に及んだ以上、相手を仕留めるというのが武士なのだ。

「浅野は思慮が浅かったばかりか、日頃の武芸の修練が足りなかったがために六十の齢を重ねる吉良を討ちもらした。情けなき限りじゃ。そもそも、あのとき浅野が吉良を討ち果たしておれば、吉良へのお咎めなし、という御公儀の裁許を批判されることもなかった。さらには、大石らの企ても起きずにすんだ。そうであろう」

征一郎は語っているうちに熱を帯び、頰を紅潮させた。

「たしかに。言われる通りと存じます。ですが、そういうことになっていたなら、あの見事な芝居は作られなかったでありましょうな」

「ふん、芝居なぞ、くだらん」

征一郎は、横を向いた。

「兄上はご覧になられたことあるのですか」

「あるわけないであろう」

征一郎は目を剝いた。

「一見の価値があると存じます」

「くだらぬことを」

「それは、一見されてから申されるのが適当と存じますが。あの芝居を作った町人どもの知恵、侮れませんぞ」

「おまえ、市井を遊び歩くうち、町人どもに取り込まれておるのではないか」

征一郎は心配そうな顔になった。

「そんなことはございません」

征史郎は大きくかぶりを振った。

征史郎が長屋に戻ると、庭先で吉蔵が待っていた。先ほどの中間の格好だ。吉蔵は庭の片隅で盥《たらい》に水を汲み、わずかに残った夕陽を頼りに、紺の道着を洗っている。

「なんだ、そんなことする必要はない」

征史郎は苦笑を浮かべる。

「いえ、もうすぐで終わりますんで」

吉蔵は軽やかに返事を返し、ごしごしと洗濯の手を止めない。やがて、洗い終えると、器用な手つきで物干し竿に干した。鼻歌を口ずさみながら、楽しげである。自分の身体よりも大きな道着を干している姿はおかしげだった。

「いえね、あたしは女房を早く亡くしましたんでね、男手で倅を育てました。洗濯なんぞ、朝飯前ですよ」

吉蔵は言いわけでもするように言った。

「すまん」

征史郎は吉蔵を伴い、家の中に入った。二人は土間の上がり框に並んで腰かけた。

「若も早いとこ、身を固めないと」

「ま、それはいいだろう」

「せめて、洗濯くらいしてくれる女を見つけないと。あの、道場の娘なんてどうなんです。名前は、たしか早苗さんでしたっけ」

吉蔵が尚もからかいの言葉を投げかけてくるので、

「余計なお世話だ」

睨みつけた。吉蔵は舌を出して真顔になる。

「大岡さまに報告に行ってまいりました」

「そうか。ご苦労だったな」

「若が田安さまを打ち据えられたことを話しましたら、大層お喜びでしたよ」

「おい、打ち据えたとは、人聞きの悪い」

征史郎はかぶりを振る。

「それはいいとしまして、目安箱に」

吉蔵は差出人不明の脅迫めいた投書について話した。

「段々、性質が悪くなるものだな」

征史郎は顎を掻いた。

「まったくです。で、大岡さまは田安さまの御屋敷にご逗留中の若い公家がまさしく勅使と睨んでおられます」

「田安さまが勅使と組んで、上さまを亡き者にせんとしておるのか」

征史郎は暗い顔になった。

「そうだとしたら、大変なことになるわけですよ」

「そりゃ、大変だよ。勅使が将軍を殺めるなど。たとえしくじったとしても、ただではすまん。幕府と朝廷の間で争いが起きる」

「御公儀始まって以来の大事ですね」

吉蔵が言うと、征史郎もしきりとうなずく。実のところ、そのような大事になった場合のことなど征史郎も吉蔵も想像がつかない。

「どうしましょう」

「どうしましょうも何も。そうと決まったわけではないからな」

征史郎とて思案が浮かぶはずがない。

「いっそのこと、田安邸に押し入って、若い公家をぶった斬るか」

征史郎は刀を振り下ろす格好をした。

吉蔵は苦笑を浮かべる。

しかし、投書が事実と決まったわけでも、田安邸に逗留している公家が勅使の錦小路有常と決まったわけでもないのだ。

「そういえば、その投書、一体何者がしているのだろうな」

「差出人不明ですが、筆跡を見ると同一人と思われます。おそらく、その者は大岡さまが目安箱の投書に目を通されることを知っておる者でしょう」

「差出人は大岡さまに向けて、勅使に用心の目を向けるよう報せるために投書をしたということだな。すると、差出人は勅使のこともよく存じておる人間ということになる」

征史郎は考えを整理するように言ったものの、雲を摑むようなことに、成り行きを待つしかなかった。

「勅語奉答はいつだったっけ」

「明後日ですよ」

「そうか」

征史郎と吉蔵は心配な顔でうなずき合った。

第五章　勅語奉答

一

桜が満開となり、勅語奉答の儀の日になった。

忠光は勅使を饗応する任にはなかったが、将軍家重の言葉をただ一人理解できる者として家重に侍《はべ》り、行事が進行するのを見守った。といっても、指をくわえて見守っていたわけではなく、家重の警護を厳重にし、錦小路有常の動きに目を光らせている。

錦小路は目元涼やかな若い公家だった。二十代半ばといったところか。雅《みやび》た所作で正使広橋兼胤について行事を滞りなく進行させていく。勅語奉答の儀は白書院で行われた。忠光は錦小路に対する疑念を抱きながらその場に出た。

白書院は江戸城にあって大広間に次ぐ格式を持ち、大がかりな行事の際には大広間と一体化して使われる。白書院で将軍と対面できる大名は、御三家、田安家、一橋家の他は、加賀、薩摩、仙台などの四位以上の官位を持つ国持ち大名に限られた。

広橋と錦小路を迎え、家重の他に小姓、老中と忠光が居並んだ。

勅使が将軍の命を狙うなどという途方もない企てを抱いているなど、白書院の中で、いや、江戸城においても忠光以外誰一人として思ってもいない。

いや、いる。投書をしてきた人物だ。その人物は幕府の人間とみなしていいだろう。それと、もう一人、これは邪推かもしれないが、

（田安宰相宗武）

だが、そんなことは胸にしまっておくしかない。騒ぎ立てることはできない。何ごともなく行事をすませるしかないのだ。

広橋と錦小路は衣冠束帯に身を固め、下段の間の最も下座で平伏した。上段の間には衣冠束帯姿の家重が小姓を伴って座している。下段の間の上座に座する老中と忠光も衣冠束帯で居並んだ。忠光は家重の言葉を取り次ぐ必要から最も家重に近い下段上座にある。

家重が言葉を放った。忠光はそれを聞き勅使に向かって、

「上さまにおかれましては、苦しゅうない。近う寄れ、と仰せであります」

「はは」

広橋が顔を伏せたまま返し、腰を浮かせた。錦小路も同様に腰を浮かす。が、すぐに腰を落ち着け、再び、

「はは」

平伏する。これは、将軍への敬意を表現している。「近う寄れ」と言われ、すぐに上座に向かうことは畏れ多いということだ。家重は再び言葉をかける。忠光は、

「上さまにおかれましては、苦しゅうない。近う寄れ、と仰せでございます」

声を放った。二度声をかけられ、ここで初めて将軍に近づくことが許される。

「はは」

広橋は腰を上げた。

しかし、立ち上がることは許されない。膝で歩く、膝行《しっこう》で上座に進む。広橋に続いて錦小路も膝を進めた。二人の勅使は下段の間の中ほどで平伏した。勅使が将軍に近づくことができるのはここまでである。

この位置で、天皇から将軍に対する年賀の答礼を行うのである。従って、忠光の緊張は最高潮に達した。錦小路が家重に最も近づいているのだ。家重暗殺を企てるとすれば、この時を置いてはない。

忠光は錦小路を横目で見続ける。いつ、下段の間から家重に飛びかかって来てもいいようにわずかに腰を浮かせた。

勅使は奉答の儀の間中、将軍を仰ぎ見ることは許されない。従って、広橋も錦小路も顔を伏せたままである。やがて、

「畏れ多くも、公方さまにおかれましては、禁裏に対し、丁重なる御年賀を賜りまして、恐悦至極にございます」

広橋は手なれた様子で答礼を述べ立てた。家重が言葉を返す。忠光は錦小路に視線を向けながら、

「上さまにおかれましては、遠路大儀と仰せであります」

言うと、広橋は平伏した。錦小路も深々と頭を垂れる。このあと、家重から型通りの挨拶が行われ勅語奉答の儀は無事終わった。家重は白書院から退出した。広橋と錦小路も白書院を出て行った。

忠光の胸に安堵が広がった。

(なんだ、やはり、ただの、悪戯か。人騒がせな。だが、投書をした者は突きとめねば)

そこへ、老中松平武元《まつだいらたけもと》が声をかけてきた。

「出雲殿、今宵、能見物のあとの饗宴でありますが」

(そうだ、饗宴があった。自分としたことがうっかりしておったものよ)

例年勅使一行が江戸城に来ると、能が催される。

「なんでござる」

忠光は穏やかな表情を浮かべた。

「ご出席なさるのは？」

「上さま、御三家の方々、田安卿、一橋卿、それに我らでござる」

「はい。それは、承ってござるが、勅使から上さまに舞を披露したいとの申し出がござった」

「広橋大納言殿ですか」

「いえ、錦小路宰相殿です」

「ほう」

忠光は目に暗い光を宿らせた。

「なにせ、今回が初めての勅使とあって、上さまに是非ご挨拶代わりに舞を披露したいとのことでござる」

武元は素直に喜んでいる。忠光としては異を挟むことはできない。

「それは、楽しみな」

忠光は作り笑顔で返した。

(ひょっとして、饗宴の席で)

忠光の胸に暗雲が立ち込めた。


その日、征史郎は坂上道場で汗を流していた。稽古の合間、弥太郎には田安邸を訪ねたことを話した。もちろん、探索のことは語らず、田安宗武との手合わせを語り、玄次郎から対戦相手に指名されたことを語っていた。

「征史郎殿らしい、大胆さですな」

弥太郎は田安宗武を相手に手加減しなかった征史郎に賞賛の言葉を送った。

「それより、試合の日時、早く決まりませんかな」

「征史郎殿は早くやりたくて焦れておられるか」

「そうなのです。田安卿とお手合わせして、余計待ち遠しくなり申した」

「相手は征史郎殿が焦れるのを狙っているのかもしれませんよ」

「巌流島の佐々木小次郎にしようというのですな」

「そういうことです」

「わたしは、大丈夫ですが、三人が緊張の糸が切れてしまわなければいいのですが」

征史郎は、選抜された三人の門弟、木島林太郎《きじまりんたろう》、中山新之助《なかやましんのすけ》、向井主人《むかいもんど》を横目で見た。三人の若者はみな額に汗を滲ませ、懸命に木刀を振るっている。

「わたしにお任せください」

弥太郎は笑顔で請け負った。

征史郎は、道場を出て庭の井戸端で身体を拭った。道着を諸肌脱ぎにし、井戸水に手拭を浸して首筋を拭う。牛のように太い首、赤銅色に日焼けした分厚い胸板、丸太のような腕が汗で光っている。まるで、鎧をまとっているようだ。

征史郎が鼻歌まじりで胸や首筋をこすっていると、甘い香りが鼻をかすめ、

「お背中を、拭きますわ」

早苗が側に来た。

「あ、いや、そんな」

征史郎はあわてて道着を着ようとした。

「そんな、遠慮なさらず」

早苗の笑顔に抗すべくもなく、征史郎は背中を向けた。早苗は壁のような背中を見上げる。

「すみません。お座りになって」

小柄な早苗からすれば背伸びしても征史郎の首には届かない。

「お手数かける」

征史郎は顔を赤らめながらうずくまった。早苗は手拭を盥に汲まれた水に浸し、両手で絞ると、征史郎の背中に押し当てた。冷んやりとした手拭の感触と、早苗の温もり、早苗に背中を拭ってもらっているという喜びが混じり合い、夢見心地となった。

「本当に逞しいわ」

早苗は懸命にこすり上げてくれた。征史郎は無言でうつむく。

「かたじけない。もう、結構」

征史郎は立ち上がり道着を身につけた。

「征史郎さま。右の二の腕に傷跡が」

早苗は心配そうな顔を向けてきた。昨年の秋、忠光から命じられた初めての役目を遂行する最中に負傷した傷だった。

「いや、大したことはござらん」

征史郎は目をそらした。

「でも、矢が刺さったような傷跡でしたわ。以前にも申しましたが、道場の借財を返すために、征史郎さまが危険なお仕事をなさっておられるのでは、と。それが気がかりなのです」

早苗が言うように、傷は馬で疾走中に後方から矢を射かけられてできた傷だった。

「そんなことはござらん。屋敷で庭仕事を行っておったとき、誤って庭鋏を刺してしまったのです。ははは」

征史郎は陽気に笑った。早苗は納得したようには見えなかったが、これ以上聞くことは憚られると感じたのか口をつぐんだ。

「ところで、早苗殿は、仮名手本忠臣蔵はお好きか」

征史郎は話題を変えようと、忠臣蔵を持ち出した。

「ええ。好きですけど」

早苗は征史郎の口から忠臣蔵の話が出たことが意外なのか、小首を傾げた。

「どの辺がお好きですか」

「やはり、お軽、勘平の道行きです。すごく、きれいで」

「そうですよね。よろしかったら、見物に行きませんか」

征史郎は思いきって切り出した。とたんに、顔をそむける。

「本当ですか。うれしい。お連れください」

早苗は少女のようにはしゃいだ。
「分かりました。是非、行きましょう」
征史郎もはしゃぎたい衝動をやっとの思いで堪えた。

二

征史郎が幸せを噛みしめていた時、忠光は胸に暗雲を抱きながら、勅使饗応の場に出た。江戸城大広間の南に設けられた能舞台で能を鑑賞したのち、白書院下段の間に宴席は用意された。上座には家重と小姓が座し、家重から見て右の脇に忠光の席が用意された。

宴席には賓客である勅使の二人の席が家重に次ぐ上座に据えられた。次いで、右側に尾張徳川宗勝《むねかつ》、紀伊徳川宗直《むねなお》、水戸徳川宗翰《むねもと》が居流れ、左側には錦小路の下座に田安宗武、その下座に一橋宗尹《むねただ》が座った。さらに、下座に老中が座っている。

衣冠束帯から勅使は狩衣に、幕府側は継裃に着替え、くつろいだ表情を浮かべている。雪洞《ぼんぼり》と大量の百目蠟燭が惜しげもなく灯され、金箔の障壁画を眩く照らし出している。饗応役の大名達が忙しげに差配し、膳は式三献の豪華な料理が用意された。

庭に面した襖が取り払われ、優美に咲き誇る桜を薪《たきぎ》の炎が揺らめかせている。

各々、楽しげに酒を酌み交わし始めた。忠光は宗武と錦小路の様子に注意を向けた。

二人は、お互い視線を合わさず、言葉を交わすこともない。

果たして、わざとそうしているのか、本当に二人は面識がないのか。饗宴は和やかなうちに過ぎていった。

すると、

「畏れながら」

錦小路が宴の真ん中に進み出た。忠光は身構える。一同は話を止めた。ざわめきが静まったところで、

「公方さまにお尋ね申し上げたき儀がございます」

草色の狩衣に身を包んだ錦小路は家重に向かって平伏した。錦小路の声は容貌同様に雅た気品があった。

「有常、控えよ」

広橋が腰を浮かせた。

「大納言殿、わたくしは公方さまにお初にお目見得をいただいたのです。お目にかかる前から、是非ともお尋ねしたきことを胸に抱き、都からまいった次第。是非とも、

我が願いをお聞きとどけいただきたいのです」

　錦小路は広橋の言葉には耳を貸さず、家重を向いたまま答えた。忠光は身を乗り出そうとしたが、家重が忠光を引き寄せた。耳元で囁く。忠光はうなずいた。錦小路は二人のやり取りを注視している。

「上さまにおかれましては、錦小路殿の申し出、お受けなさります」

　忠光は言葉を繋いだ。そして、錦小路の態度に不穏なものを感じ、饗応役の大名を下がらせた。錦小路は深々と頭を下げてからおもむろに問いかけた。

「公方さまにおかれましては、帝の役割、いかにお考えでございますか」

　錦小路の問いかけに宴席は静まり返った。

　突風が吹き、桜の花びらが宴席に運ばれ錦小路の背中に舞い落ちた。草色の狩衣は一瞬にして桜に彩られた。ところが、誰もそれを愛でる心持ちにはなれないのかうつむき加減である。錦小路の問いかけが宴席の空気を重苦しくしたのだ。

　家重は言葉を探すように視線を泳がせた。忠光は一同の様子を窺った。みな、若い公家の問いかけに困った顔をしている。その中で、宗武のみがかすかに微笑んだように忠光の目には映った。忠光は家重の方に寄り、言葉を聞く格好をした。

　そして、恭しく頭を垂れると、

「上さまにおかれましては、日本の政は幕府にお任せになり、帝におかれましては学問に精進なさるがよろしかろうと、仰せでございます」

錦小路を睨んだ。忠光が家重の言葉を代弁した天皇は学問に精進すべしとは、幕府が慶長二十年（一六一五年）に公布した、「禁中並公家諸法度」の第一条に規定された天皇の主務である。錦小路は一向にひるむことなく、

「では、畏れ多くも帝にあらせられては、政には関心を向けてはならんと申されるのですか」

部屋の中が凍りついた。家重は視線を漂わせ落ち着かない素振りである。忠光も言葉を返せない。迂闊《うかつ》に語れない、将軍権力と天皇との関わりを含む微妙な問題である。老中達も顔を伏せてしまった。御三家も頼りにならない。錦小路は、それを楽しむかのように口元に笑みを浮かべて部屋の中を見回した。広橋が取りなすように膝を前に出し、口を開こうとしたとき、

「畏れながら、錦小路殿」

宗武の凛とした声が重苦しい空気を断ち切った。みなの視線が宗武に集まる。宗武はちらりと忠光に視線を送った。忠光は素早く家重の言葉を聞く格好をし、

「上さまにおかれましては、田安さまの発言許すとの仰せでございます」

宗武の出方を見てみようと思った。宗武は家重に向かって一礼し、

「錦小路殿のお問いかけに対し、わたくしの考えを申します。わたくしが思うに、天下の政は将軍が担うものにござります。何故、将軍が担うものかと申しますと、畏れ多くも帝より委任されておるからにござります」

宗武は朗々とした声で言った。錦小路は大きくうなずき、

「なるほど。将軍家は帝の代理として日本を治めておられるということでございますね」

「さよう考える次第でござります。いかがでございましょう。方々」

宗武は御三家や老中を見回した。皆、曖昧に首を動かした。賛成とも反対ともつかない態度である。忠光は表情を消し、錦小路を見ている。錦小路はニヤリとした。

「では、もし」

思わせぶりに言葉を区切る。宗武は、

「もし」

言葉をなぞった。

「もし、帝が将軍家に天下を治める大権を返して欲しいと願い出られたら、どうなるのでしょうな」

錦小路の言葉にどよめきが起こった。忠光は前に膝を送り、

「今のお言葉、聞き捨てにはできません。それは、錦小路殿のお考えか、それとも禁裏でそのような考えの公家衆がおられるということか」

錦小路は広橋に視線を向けた。広橋は泡を食ったように座り直した。

「そのような、大それたこと、禁裏で考えおる者一人としてござらん。我ら、あくまで将軍家の庇護の下にあると存じます」

広橋は家重に向かって額を畳にこすりつけた。錦小路は動ずることもなく端然と座っている。それどころか、広橋のことを横目で見ながら嘲《あざけ》りにも見える冷笑を目元に浮かべてさえいる。

「いや、言葉が過ぎました。酒の席の座興とお聞き流しのほどを」

錦小路は頭を垂れた。再び重苦しい空気が漂った。錦小路はつっと立ち上がり、

「座興ついでに、と申してはなんでござりますが、舞を披露申し上げたいと存じます」

老中松平武元を振り向いた。武元は、気まずい空気を和《なご》ませられると思ったのか破顔させ、

「そうでござった。上さま、錦小路殿は上さまに是非、舞を披露されたいと申されて

おったのでございます。のう、出雲殿」

忠光に救いを求めるような目を向けた。忠光は家重を見た。家重は困った顔をしていたが、表情をやわらげうなずいた。

「上さまにおかれましては、錦小路殿の舞をご覧になる、と仰せでございます」

「ありがたき幸せに存じ奉ります」

錦小路は一礼する。

「では、早速に」

武元は囃《はや》し方を呼ぼうとしたが、

「無用にござります」

錦小路は遮《さえぎ》った。

「剣舞を披露します」

剣舞は詩吟に合わせて剣を持って舞う。部屋の中に、「ほう」と感嘆のため息が漏れた。

錦小路は脇差を鞘ごと抜き、剣舞を始めた。狩衣に付着した桜の花びらが宴席に舞った。

雅た容貌の錦小路の口から朗々と詩吟が謡われると、夜桜と相まって宴席は華やいだ。皆、錦小路の優美な舞を眺め満足げに杯を重ねる。広橋は一同の表情が和んだことで肩の荷をおろしたように頬を綻ばせた。

「見事じゃなあ」

尾張徳川宗勝は向かいに座する宗武に賞賛の言葉を送った。宗武も笑みで返す。錦小路は優美な舞を披露しながら、鞘を抜き放った。

錦小路の脇差の刃が百目蠟燭の灯りに照らされ妖しい光を投げかけた。錦小路は舞を披露しながら、徐々に家重に近づいた。

(そうか)

忠光の脳裏に雷光が走った。

鴻門《こうもん》の会《かい》だ。錦小路は鴻門の会を再現しようとしているのだ。項羽《こうう》の参謀范増《はんぞう》が劉《りゅう》邦《ほう》を暗殺しようとして、部下の項荘《こうそう》に命じ剣舞を舞いながら劉邦に近づいて命を狙った故事に倣《なら》っているのだ。

錦小路は項荘になったつもりで家重に近づき、家重の命を狙うつもりであろう。

(ならば)

忠光は鴻門の会で項荘を阻《はば》んだ項伯《こうはく》に倣い、

「では、それがしも」

脇差を抜いて詩吟を唸った。

「おお、さすがは出雲殿」

武元が無邪気に賞賛の言葉を投げかける。一同からも感嘆の声が上がった。だが、忠光は賞賛に耳を傾ける余裕はない。横目で錦小路の動きを窺う。錦小路は時折、脇差しを忠光に向ける。忠光は舞のふりをしてそれを受ける。

忠光は徐々に錦小路を家重から遠ざけ部屋の真ん中まで押し戻した。そして、

「これまで、といたしましょう」

部屋を見回し脇差しを鞘に戻した。錦小路も雅な顔に陰りを浮かべ、脇差しを鞘に収めた。

部屋中に賞賛の拍手が起きた。忠光の背筋を冷や汗が伝った。横目に宗武の皮肉な笑みが脳裏に刻まれた。

家重は笑みを広げ、忠光を招き寄せた。忠光は家重の前で平伏する。家重の言葉に忠光は戸惑ったがじきに、

「かしこまってござります」

声を放つと、錦小路に向き直った。

「上さまにおかれましては、錦小路殿に脇差を賜るとの仰せでござる」

「ありがたき幸せに存じ奉ります」

錦小路は平伏した。忠光は家重の脇差を受け取り、錦小路に示した。錦小路は膝で進んで家重の前で再び両手をつく。忠光は脇差を差し出した。錦小路は恭《うやうや》しく両手で受け取った。

忠光はその間、油断なく目を光らせ、錦小路の動きを見張る。錦小路は脇差を受け取り下座に下がった。すると、突然、激しく咳込み始めた。

「いかがされた」

忠光は駈け寄った。錦小路は真っ青な顔になり、咳が止まらない。皆、心配げな視線を向けてくる。

「伝奏屋敷にお戻りになられては」

忠光は錦小路を抱きかかえた。

「大丈夫でござる。少々、夜風に当たれば」

錦小路の声から先ほどまでの雅さが失われている。忠光は錦小路を抱きかかえるようにして、濡れ縁に出た。庭先で控えていた若い侍が駆け寄って来た。錦小路に仕える公家侍脇田金吾《わきたきんご》である。そこで、またも錦小路は咳込んだ。

忠光は錦小路の背中をさすった。脇田が、

「殿さん、しっかりしなはれ」

励ましたのち、

「伝奏屋敷へ連れて帰ります」

忠光を見上げた。

「そうじゃ、それがよい」

「では」

錦小路は弱々しく返してきた。次いで、家重から下賜された脇差を取って来ると立ち上がった。しかし、すぐによろめき忠光にすがりついた。その時、忠光の脇差が庭先に落ちた。

忠光は、

「上さまより下賜された脇差は、それがしが取ってまいりましょう」

宴席に戻り、錦小路が体調不良で伝奏屋敷に戻ることになったことを伝えた。

「さあ、これを」

忠光は家重から下賜された脇差を差し出した。脇田が受け取り、「では」と忠光が落とした脇差を拾い上げた。

錦小路は脇田と警護の侍に付き添われ伝奏屋敷に向かった。

やがて、脇田が戻り、錦小路を無事伝奏屋敷に連れて行ったことを忠光に報告した。

これを潮に饗宴はお開きとなった。

三

忠光は一人、伝奏屋敷に向かった。

どうも気になる。いや、気になるでは、すまされない。反幕府的ともとれる言動に加え、あの剣舞。あれは、一見して家重を喜ばせる余興に見えた。部屋にいた忠光以外の誰の目にもそう映った。

家重さえも満足そうであった。自分の脇差を与えたほどである。

しかし、錦小路は家重の命を狙っていた。剣舞の動きはまさに、それを裏づけていたのだ。それに加え、目安箱の投書である。あの投書は自分に錦小路の動きに目を配らせるためになされたものだ。

何者の仕業なのかは分からない。

田安宗武との関わりも気になるところだ。饗宴の席では親しく言葉を交わすことはなかった。しかし、錦小路の反幕的な問いかけに笑みを浮かべていたのはたしかである。

しかも、問いかけに皆が沈黙する中、助け舟を出すような発言をした。うがった考えかもしれないが、このまま放っておくにはあまりに、不穏なものを感じる。かといって、表だって詮議をするということはできない。幕府始まって以来、勅使を詮議したことなどない。

先例がないばかりではない。

詮議するだけの強い理由が表だってはないのだ。剣舞を家重暗殺の行動とは取り上げられない。目安箱の投書は差出人の名前がなく、証拠能力に欠ける。しかも、目安箱は将軍しか見ることができないことになっているのだ。

忠光が前もって目を通していることは公然の秘密であるが、差出人不明の投書を以て勅使を詮議するわけにはいかない。

従って、ここは忠光が個人的に問いただすしかない。それには、今晩を置いてほかにはない。明日には京へ帰ってしまうのだから。

忠光は病気見舞いを名目に訪ねることにした。

伝奏屋敷の周りには篝火が焚かれ、警護の侍が小袖を襷がけにし、袴の股立ちを取って立ちつくしている。

忠光が門に近づくと、警護の侍が近寄って来たが、

「大岡じゃ」

あわてて頭を下げた。

「錦小路殿に面談じゃ」

忠光は短く言うと、侍はさっと道を開けた。篝火に照らされた石畳を玄関に向かって進む。夜露に濡れた石畳を踏みしめると、気の重さも手伝って足取りが重い。庭に咲く満開の桜も慰めにはならなかった。忠光は足早に玄関に至り格子戸を開けた。掛け行燈にぼんやりと玄関が浮かぶ。磨き立てられた廊下を踏みしめ、桧の香り漂う中、奥に進む。静けさに閉ざされた闇の中に、ぼうっと行燈の灯りが漏れている。庭に面した座敷だ。そこが、錦小路が逗留する部屋のようだ。

庭の桜や松、桂の枝を風が揺らしている。忠光は咳払いをすると、錦小路の部屋に向かって縁側を進んだ。

「御免」

障子の側で声を放つ。だが、静寂のままである。身体の具合が悪いのだ。もう眠ったとしても不思議ではない。とすれば、起こすことになるがやむを得ない。

「御免。大岡でござる」

忠光は心持ち大きな声を出した。

しかし、返ってくるのは静寂である。忠光は耳を澄ました。だが、錦小路の声もしなければ、衣擦れの音もしない。

起きることができないほどに体調が悪いのか。

引き返そうかとも思ったが、せっかくここまで来たのだという思いの方が強かった。

「御免！」

忠光は障子を開けた。行燈の灯に錦小路がうつ伏せに倒れているのが見える。蒲団の上ではない。畳に直接倒れているのだ。忠光の胸を不穏な空気が過《よぎ》った。

「錦小路殿」

忠光は錦小路を抱き起こした。匂い袋のかぐわしい香りに濃厚な鉄の匂いが混じっている。果たして、鉄の香の原因は血だった。錦小路は胸を真っ赤な血に染め、こときれていたのだ。

忠光は重大事に直面しながらも、事態を冷静に見極めようと視線を凝らした。

血は錦小路の胸ばかりか青々とした畳にも垂れ、部屋の中の所々にも点々と痕跡を留めていた。錦小路の烏帽子は脱げ落ち、髷が乱れている。苦悶の表情を浮かべていたが、目は閉じられている。

周りを見ると、凶器らしき物が見当たらない。どうやら、何者かに刺殺されたようだ。

それだけ、確認したところで縁側を足音が近づいてくる。賑やかな談笑の声もした。声からして広橋と宗武に違いない。

忠光は部屋を出た。眼前に、忠光が現れたことで二人の言動がやんだ。

「突然ですが、大事が出来《しゅったい》いたしました」

忠光は視線を錦小路の部屋に向けた。

「錦小路殿にか」

宗武は鋭い眼光を向けてきた。忠光はうなずくと、宗武は部屋に入った。広橋はおろおろとしながら、縁側でたたずんだ。

「これは、いかなる者の仕業じゃ」

宗武は錦小路の傍らにしゃがみ忠光を見上げた。

「分かりません。拙者が部屋に入った時には既に」

「すると、下手人は、ここに忍びより、錦小路殿を殺めて立ち去ったのじゃな。警護の者どもは、一体何をしておったのじゃ」

宗武は形相を歪めた。

「ともかく、取り調べが必要です。部屋はこのままにしましょう」

忠光は落ち着いた口調で言った。すると、広橋が入って来た。

「な、なんとしたことじゃ」

広橋は部屋の隅でへたり込んだ。

「広橋殿、ここはひとまず、お部屋に」

宗武はいたわるように広橋の前に片膝をついた。広橋はよろめきながら立ち上がる。

「さあ、どうぞ」

宗武は広橋に肩を貸して部屋を出た。そのうえで、

「出雲、警護の者を集めよ」

強い口調で命じた。忠光はうなずくと玄関に向かった。宗武は広橋を自室に送り届けた。

玄関で忠光は警護の者を集めた。怪しい人影を見なかったかと問いかけたが、誰も見た者がなかった。そこへ宗武もやって来た。忠光は警護の者たちの証言を伝えた。

宗武は警護の者に老中松平武元を呼ぶことを命じた。

「事態は一刻も早く、落着《らくちゃく》させねばならなん。落着とは、下手人を捕え処罰を行う

ことだ」

「御意にございます」

宗武は言い放つと、控えの間に入った。忠光は控えの間には入らず、

「拙者はこのこと、上さまにお伝えしてまいります」

「今は、不要」

「不要、にございますか」

忠光は言葉を返した。

「もう、お休みになっておられる。それに、明朝には下手人を捕えておるであろう。それから、お伝えするのがよかろう」

宗武は有無を言わさず、忠光を部屋に連れ込んだ。忠光は渋々宗武と相対した。

「ところで、出雲。そのほう、何用あって、錦小路殿を訪ねてまいったのじゃ」

宗武の問いかけは忠光の胸をえぐった。一連の投書、錦小路が剣舞をしている姿が脳裏を過る。

「どうした。何故黙っておる」

宗武は意地悪く微笑んだ。

四

「その、剣舞の礼でございます」

忠光は答えた。宗武と錦小路に対する不審の念を持ち出すことは憚られた。

「剣舞の礼のう。それなら、上さまが脇差を下賜なさったはず。丁寧じゃのう。出雲らしくはあるが」

「この場はそれがしがお引き受けいたしますので、田安さまにおかれましては、お引き上げのほどを」

忠光は丁寧に言い添えた。

「いや、乗りかかった船だ」

「されど、田安さまほどのお方が殺しの現場になど」

忠光は気づかうように顔をしかめた。

「かまわん。それより、そなた」

宗武は鋭い視線を向けてきた。そこへ、

「御老中松平武元さま、お着きにございます」

警護の侍の声がした。武元はおっ取り刀といった様子である。裃は乱れ、髪もほつれている。あわてて髪を整えてから、

「失礼いたします」

息を整えたが、まだ荒い息を発していた。

「ご苦労」

宗武は招じ入れた。武元は忠光の横に座る。

「警護の者の使いで、おおよそのことは聞き申したが、思わぬ大事が出来したもの」

武元は懐紙で噴き出す汗を拭いた。

「ともかく、下手人を捕えることが必要であるが」

宗武はおもむろに忠光を見据えた。忠光は視線を受けとめる。

「目下のところ、怪しき者が出入りしたところを見た者はいない」

「すると、手がかりはなしでござりますか」

「そうでもない」

「なんでござる」

武元は期待のこもった目をした。

「ただ一人、伝奏屋敷に出入りし、しかも錦小路殿の部屋にも出入りした者がおる。

のう、出雲」

　宗武は射すくめるような強烈な視線を向けてきた。その目を見れば自分を疑っていることが分かる。

「はい。それがしでござる」

　忠光は返した。武元は驚きの目を向けてくる。

「では、当然、出雲に疑いが及んでもおかしくはないのう」

　宗武は皮肉な笑みをたたえた。

「まさか、出雲殿が。そんな」

　武元は忠光に驚きの視線を向けてくる。

「わたしとて、出雲のことを疑いたくはない。だが、現場の状況が疑いを抱かせることもたしかだ」

　宗武は顔をしかめた。困り果てたような表情である。忠光の額に脂汗が滲んだ。

「出雲、脇差を見せてみよ」

　宗武は身を乗り出してきた。忠光は戸惑ったが、これで疑いが晴れればと、

「どうぞ、ご覧くだされ」

　鞘ごと抜くと宗武に向かって差し出した。宗武は受け取ると、

「では、検める」

武元にも視線を送る。武元はこくりとうなずくのみだ。宗武は脇差を抜き放った。

とたんに、

「これは」

武元の目が点になった。

「そんな」

忠光は絶句した。

忠光の抜き身にはべっとりと血糊が付いているのだ。

「出雲、これは、どういうことだ。いや、問いかけたとて、言い逃れはできまい。これだけ、はっきりとした証が出た以上な」

宗武は威圧することもなく淡々とした口調である。

「出雲殿」

武元は心配げな目を向けてくる。

「はっきり申し上げる。わたくしは、断じて殺してなどおりません。ですが、状況はわたくしを下手人と示しております。従いまして、詳しく詮議を受けることに異存はございません」

忠光は頭を下げた。宗武はうなずくと、武元に目配せした。

「では、ただちに大目付と目付を」

武元が言うと、

「それがし、旗本の身であります」

「いや、そうは言われるが、出雲殿は一万石」

「いえ、九千七百石です。大目付の出役には及びません」

忠光の言葉を受け、武元は宗武を見た。宗武は、

「そのほうに任せる。早く、差配いたせ」

急《せ》かせるように語気を強めた。

「かしこまりました」

武元は一礼し玄関に歩き、警護の者を呼んだ。

ことが、ことである。誰も引き受け手のない一件になりそうである。将軍の側近中の側近を吟味するなど。しかも、ただの吟味ではない。殺し、しかも相手は勅使、従三位参議の官位を持つれっきとした公卿なのだ。

それからしばらく時が過ぎた頃、花輪家の屋敷の正門が騒がしくなった。

「なんだ、今頃」

征史郎は空の徳利を脇に置いた。どうやら、征一郎が出かけるようだ。こんな夜更けにどこへ。

征史郎は長屋から出て御殿の方に向かった。月明かりを頼りに、石畳を進む。

「行ってらっしゃいませ」

志保の声がした。門を見ると、征一郎を乗せた駕籠が出て行く。足軽添田俊介が槍を持っている。駕籠には若党、小者、中間が固めていた。その様子からして登城のようだ。

「姉上、いかがされたのです」

志保は振り向き、

「御城から火急の呼び出しです。御老中松平武元さまからのお使いでした」

「そうですか、なんの御用でしょう」

「さあ、そこまでは」

「どのみち、大変な御用でしょうな。良いことではありませんよ。こんな夜更けに、御老中から呼ばれるなど」

征史郎は言葉とは違い、呑気な物言いである。

「そんな、脅かさないでください」

志保は苦笑を浮かべ、玄関に戻った。

征史郎は眠気を催し、大きく伸びをした。

忠光が窮地に立たされているなど思いも及ばなかった。

第六章　下手人忠光

一

花輪征一郎は伝奏屋敷に着いた。

控えの間に入ると、老中松平武元と大岡忠光がいた。田安宗武の姿はない。武元は沈痛な面持ちで征一郎を出迎えた。忠光はどこか達観した様子である。

「そこへ座れ」

武元は沈痛な顔をさらに歪め、勅使錦小路有常が殺害されたことを語った。征一郎は、武元からの使いから錦小路が殺されたこと、下手人らしき者を拘束していることを聞いていた。しかし、殺しの詳細はもとより、下手人が誰であるのかまでは聞いていない。

自分が呼ばれたということは、旗本であろうかと漠然と考えていた。

「して、下手人と疑われる者はいずれに？」

征一郎は武元と忠光を交互に見た。武元の眉間に深い皺が刻まれた。すると、忠光が膝を乗り出して来た。

「わしじゃ」

征一郎は忠光の言っていることが分からなかった。怪訝な顔をして忠光を見返す。

「下手人と疑われておるのはわしじゃ。大岡出雲守忠光である」

忠光はもう一度、ゆっくりと口を動かした。武元は横を向いている。

「どういうことですか」

征一郎は武元に問いかけた。武元は征一郎に向き直って口を開こうとしたが、忠光が制し経緯を話した。そして、最後に、

「と、いう次第じゃ。状況は圧倒的にわしが不利だ。だが、わしは殺しておらん。断じてな」

力強く言い添えた。武元がおずおずといった様子で忠光の脇差を差し出してきた。征一郎は軽く頭を下げ、両手で受け取ると刃を検めた。べっとりとした血糊が行燈の灯りに不気味に浮かんだ。

「では、現場を検めてまいります」

征一郎が言うと、

「間もなく、御殿医山崎良庵《やまざきりようあん》がまいる」

武元が応えたところで、

「山崎殿がまいられました」

警護の侍が山崎良庵を案内して来た。征一郎は手燭を持ち、山崎と共に錦小路の部屋に向かった。征一郎と山崎は言葉を交わすこともなく闇を進む。部屋に入るや、血の匂いにむせ返りそうになった。

手燭と行燈で照らされた部屋を見回す。征一郎は錦小路の遺体は山崎に任せ、部屋の中を検めた。十帖間の書院造りである。真新しい畳が敷き詰められ、床の間には掛け軸とギヤマン細工の金魚鉢が置いてある。金魚鉢の中を元気よく泳ぎ回る数多《あまた》の金魚が場違いな安らぎを与えていた。

襖には金箔が押され、花鳥風月が鮮やかに描かれている。血は錦小路が倒れている畳に赤黒い痕跡となって留めているが、周囲にも点々と飛散していた。

凶器はないか？

凶器があれば、自害ということも考えられる。征一郎は手燭で部屋の隅々に至るまで探した。だが、凶器らしき刃物はない。それどころか、錦小路の脇差も発見されなかった。

すると、他殺ということになる。部屋にない以上、下手人が持ち去ったに違いない。

「いかがでござる」

征一郎は山崎の傍らに片膝をついた。山崎は顔を上げ、

「鋭利な刃物で喉笛を刺されています。そこから血が流れ出し、死に至ったのでしょう。身体が硬くなっておりませぬから、死して二時とは経ていないと存じます」

饗宴がお開きとなったのが、五つ半（午後九時）である。忠光が錦小路を訪ねたのがそれから四半時ほどのち。すると、その間に殺されたことになる。

ふと、

「これは」

征一郎は錦小路が身につけている狩衣の左の袖を手に取った。血を拭い取ったような痕がある。どういうことであろうか。忠光の脇差にはべっとりと血糊が塗られていたのだ。

征一郎は控えの間に戻った。

「では、花輪、吟味を頼むぞ」

武元は吟味の邪魔になってはと控えの間から出て行った。

「では、役儀により言葉を改める」

征一郎は気を落ち着けるように肩で息を吸い、吐き出した。忠光は居ずまいを正した。

「大岡出雲守、そのほう、勅使錦小路宰相殿を夜半に訪ねたのは事実であるな」

「はい。訪ね申した」

忠光は淡々と返してきた。

「では、その時刻は」

「五つ半に饗宴が終わってから、四半時ほどのちでござる」

「訪ねたわけは?」

忠光は唇を噛んだ。征一郎はそこに、錦小路殺害の秘密が隠されていると直感した。

「もう一度、聞く。訪ねたわけは?」

忠光は意を決したように征一郎を睨み返してきた。

「花輪殿を信頼し申し上げるが、くれぐれも内聞に願いたい」

忠光は、一連の目安箱の投書から饗宴の場における錦小路の発言、そして剣舞の一件を語った。征一郎の顔は次第に驚愕の様相を呈した。

「なんと、そのようなことが」

「それで、拙者、捨て置けず、直に錦小路殿から話を聞こうと訪ねてまいった次第でござる。ところが、部屋に入ってみると」

「錦小路殿は殺されていたのであるか」

「さよう。嘘偽りはござらん」

　忠光の顔には一点のくもりもない。その顔を見れば、忠光が偽りを述べているとは到底思えない。しかし、

「そのほうが申す通りとしても、そのほうの嫌疑が晴れるものではない。何故なら、そのほう以外、錦小路殿が戻ってから殺されるまでの間に伝奏屋敷に入った者はない。錦小路殿が殺されたことは、部屋の様子が示している」

　征一郎は錦小路の部屋には刺殺した凶器がなかったことを語った。

「凶器がない以上、錦小路殿は自害ではなく殺されたことになる。何者かが伝奏屋敷に入り、錦小路殿の部屋に向かったということである」

　征一郎はそこで確認を求めるように忠光を見た。

「それは、分かり申す。当然の理屈じゃ」

「そのうえ、そのほうの脇差には、この通り血糊が」

征一郎は脇差を抜いて忠光に示した。

「それは、おそらく、何者かが」

「何者かが、そのほうを罠にかけんとしたと申すか」

「その通り。おそらくは、剣舞ののちのことと」

忠光は饗宴の席での剣舞披露を説明した。次いで、庭に脇差を落としたことを語った。

「すると、その公家侍が怪しいと思われるか」

征一郎は思案を巡らせた。

「さように考え申す」

「残念ながら、今の段階ではそのほうを無実と断ずるわけにはまいらぬ」

征一郎は夜も更けたこともあり、とりあえず、忠光に自邸で蟄居謹慎するよう申し渡した。但し、御側御用取次という将軍の側近くにある者が勅使殺害の嫌疑をかけられたことを世に示すことは憚られる。そこで、忠光邸の門には竹を組まず、監視の侍をつけるのみに留めることにした。忠光は警護の侍をつけられ、自邸へと戻った。

征一郎は一人ぽつんと残り、思案を巡らせる。

闇の彼方に真相を見出そうともがくが、一筋の光も差してこない。物証と現場の状況は、明らかに忠光が下手人であることを示しているのだ。

まずはっきりしていることは、錦小路は他殺であるということだ。ということは、必然的に下手人が存在する。その下手人は、五つ半から四半時の間に、伝奏屋敷に忍び入り、錦小路を刺殺した。その時間帯に伝奏屋敷に入った者は、忠光以外にはない。

おまけに、忠光の脇差には血が付着していた。

これだけ証拠が揃えば、忠光が下手人と考えるのが当然だ。

しかし、ひっかかる。

なんだ？

忠光の表情と物言いであろうか。忠光の表情からは一切の偽りが感じられない。証言をしている時の態度には一点のくもりもないのだ。

だが、それだけではない。もっと、たしかなものが、忠光の無実を訴えているような気がするのだ。

征一郎は唇を嚙みしめた。

（そうだ、狩衣に付いていた血の痕）

錦小路の狩衣の左の袖口には刃物に付着した血を拭い去ったような痕があった。しかし、忠光の脇差は血がべったりと付いたままだったではないか。

この矛盾の意味するものは？

たとえば、忠光は一旦、錦小路を刺し、着物の袖で拭ってからとどめを刺した。しかし、錦小路の亡骸の刺し傷は喉仏に一ケ所だけである。

ということはどうなる？

忠光が刺したのではない。いや、そうとは言いきれないか。少なくとも、忠光の脇差が凶器に使われたのではない。

すると、忠光は脇差以外を凶器に使ったというのか。

それでは、無理がありすぎる。刺殺するなら自分の脇差を使うのが自然である。

そういえば、あの部屋には錦小路の脇差も、さらには、

「上さまより下賜された脇差はどうなった」

征一郎は思わず口にした。そうである。家重が下賜した脇差もなかったのである。

「これは、ひょっとして、上さまの脇差目当ての凶行であろうか」

たしかに、将軍の脇差となれば盗む価値は大きい。すると、錦小路が家重から脇差を下賜されたことを知る者による凶行ということになる。しかし、饗宴の席にいた者達はいずれも高位にある。

錦小路を殺してまで奪うとは思えない。

錦小路殺しは調べれば、調べるほど、考えれば、考えるほど真相が遠のいて行く。

「今晩は寝られぬな」

征一郎は警護の侍に現場を保存することを厳命した。

二

朝になり、征一郎は伝奏屋敷をもう一度検分した。昨晩は一睡もせず、思案を続けた。結局、真相は闇に横たわったままだ。

警護の侍を伴い部屋に入る。錦小路の亡骸は控えの間に移され、畳に残る赤黒い血溜まりが朝日を受け、目をそむけたくなるほどの醜悪さである。

「ひょっとして、抜け穴が設けられているのではないか」

征一郎は忠光以外の者が錦小路の部屋に出入りした可能性を考え、警護の侍に向かって聞いたが、

「そのようなものがあるなど聞いたことござりません」

侍は首をひねるばかりだ。

「ともかく、探ってみるぞ」

征一郎は畳を捲った。あわてて侍も手伝う。二人で十帖の畳をすべて剝がしたが、抜け穴などはない。樫の木で作られた床が剝き出しになったにすぎない。

「ここは、いかがか」

征一郎は床の間を目指した。ギヤマン細工の金魚鉢を取り除く。

「この金魚鉢はオランダ渡りのようじゃな」

「はい。田安さまが寄贈されました」

「ほう、田安さまがな」

征一郎は丁重に金魚鉢を移動させ、床の間に立つと掛け軸を捲った。漆喰塗りの壁が現れた。征一郎は壁を手で触り、強く押した。

「忍者屋敷じゃあるまいし、どんでん返しがあるはずがないか」

征一郎はぴくりともしない壁に向かって苦笑を浮かべた。部屋の隅に蒲団が畳まれ、枕屛風が立てられていた。征一郎は蒲団を検めたが不審な物は発見されない。

「残るは、上か」

天井を見上げた。侍も見上げる。

「天井裏を調べる。梯子《はしご》を持ってまいれ」

征一郎の言葉に侍は戸惑いの表情を浮かべながらも急ぎ足で出て行った。

抜け穴が発見されないとなれば天井から侵入して来るほかない。忠光以外の人間が出入りするのはそれ以外に考えられないのだ。やがて、

「お持ちしました」

侍は梯子を持って戻って来た。征一郎は部屋の隅に立てかけさせた。

「しっかり、支えておれよ」

征一郎が言うと、

「いえ、それがしが上がります」

あわてて侍は返したが、

「かまわん。己の目で確かめたいのじゃ」

征一郎は言うや、梯子を登った。あわてて、侍が梯子を支える。

征一郎は右手で天井の羽目板をずらした。ほこりが舞う。そんなことにかまわず、羽目板の隙間に身を入れ、天井裏に上がった。

薄闇が広がっている。しばらく、闇に目を慣らそうと腰を落ち着けた。それから、ゆっくりと天井裏を歩いた。

床にほこりが溜まり、太い梁には蜘蛛の巣が張っている。征一郎は人が侵入した痕

跡はないか、目を皿にして調べた。

が、足跡一つ残っていない。

(忍びの者であれば、一切の痕跡を残さず、天井裏を徘徊できるものか)

征一郎はふとそんなことを考えた。しかし、すぐに、落ち着いてみる。そのように考えることは、忠光が無実であるという前提に立ってしまっている。事件の吟味を任された者は、あくまで公平、冷静でなければならない。それが、忠光を無実としたいがために、無理な考えをひねり出そうとしてしまっている。

征一郎は一通り、天井裏を調べると、梯子を降りた。蜘蛛の巣がからまった頭や着物を振り払う。

「何か分かりましたか」

侍が真摯な顔を向けてきた。

「うむ。天井裏を徘徊した者はおらん、ということが分かった」

「そうでしょ」

侍の目には調べるまでもないではないかという批難が籠っていた。征一郎は気にする素振りも示さず、

「一つ、一つ、不審な点を潰すことが肝要なのじゃ」

涼しい顔で言い放つ。侍はそれを叱責と受け取り、頭を下げた。すると、庭先から声がする。

「花輪さま、見つかりました」

庭では警護の侍たちに家重と錦小路の脇差を探させていた。征一郎は縁側に出た。

満開の桜が優美な姿を見せているが、征一郎の目には映らない。いや、映っているが、それを愛でる余裕はないというのが実情か。石灯籠の背後にある躑躅《つつじ》の茂みがごそごそと動き、

「ここにございました」

侍は二本の脇差を持って来た。

征一郎は脇差を受け取り、しげしげと眺めてから抜き放った。そして、頭上に掲げる。朝日を受け、抜き身の銀がきらりと輝く。血が付着していないか目を皿にして見たが、血どころかくもり一つなかった。

「一体、何者がこのような所に捨て置いたのでしょう」

侍は小首を傾げる。

「少なくとも、大岡さまではないだろうな」

征一郎は言うと、抜き身を鞘に収めた。

そうである。忠光が錦小路から脇差を奪い、庭先に捨てるなどするはずがない。家重から下賜された脇差をこのようなぞんざいな扱いをするわけがないのだ。すると、盗み去ったのは一体誰？　そして、その目的は？

その男が錦小路を殺したのであろうか。


その頃、老中松平武元と田安宗武、それに広橋兼胤が江戸城中奥にある老中御用部屋で顔を合わせていた。皆、等しく沈痛な面持ちで座っている。

「さしあたって、広橋卿が京に戻られること、少し先延べになったと早馬を仕立て、京都所司代に伝えております」

松平武元がまず口を開いた。

「名目は、どのようにした」

宗武が聞く。

「錦小路殿が急な病に罹られたと、しておきました」

「まずは、無難なところですかな」

宗武は賛意を求めるように広橋を見た。広橋は力なくうなずく。

「出雲はいかがしておる」

宗武は武元に視線を移した。

「昨晩、田安さまがお帰りになられてから、目付の花輪征一郎を呼び出し、花輪に吟味をさせております」

宗武は征一郎の名前が出るとわずかに顔をくもらせた。征史郎との手合わせが脳裏を過《よぎ》ったのだ。しかし、そんなことは口に出さず、

「出雲の吟味はいかがなったのじゃ」

「とりあえず、出雲は自邸にて蟄居させております」

「吟味はどうなっておるのだ」

宗武は苛立ったのかわずかに語気を荒げた。

「まだ、吟味の途中であるとのことでございます」

「何故じゃ。出雲が錦小路殿を殺めたのは明白ではないか」

「ですが、花輪が申すには、その、まだ、決めかねるとのことでございます」

「決めかねるじゃと」

宗武は顔を歪ませた。

「はあ、出雲殿を下手人とするには不審な点があると」

宗武は声を励ます。

「どんなことが不審と申しておるのか」

宗武に追及され、武元は声を詰まらせた。宗武は堪りかねたように、

「ええい、花輪を呼んでまいれ」

武元は両手をつき、使いを出した。

入れ違いに御城坊主がやって来た。宗武は厳しい目を向ける。

「上さまがお呼びにござります」

御城坊主は武元に告げた。

「兄上、いや、上さまには錦小路殿と出雲のこと、お報せしてあるのであろうな」

宗武が聞いた。

「昨晩はお休みになられておりましたので、今朝、一番にお報せ致そうと思っておったところにござります」

「まだお耳に入れていないのか。上さまは出雲が出仕してこないことに、さぞや不審を抱いておられるのではないか」

「御意に存じます。ともかく、お報せに」

武元は一礼すると部屋を出た。

「上さまも出雲がおらぬとなると、不自由でございますなあ。これから先、さぞや、

お困りでございましょう」

宗武は広橋を向いた。広橋は困惑するように小首を傾げ、

「それは、ご心配なことですなあ。天下の政が滞っては一大事にござります」

「まったく、われら臣下の者といたしましては、どうすればよいか」

「今こそ、田安殿のお力が必要な時ではござらぬか」

「無論、わたくしとて、御公儀のため、天下のため身命を賭して上さまを支えるつもりでござる」

宗武は表情を落ち着けた。自信に満ち溢れた顔である。

「いや、いっそのこと、田安殿が」

広橋は思わせぶりにほくそ笑んだ。宗武はわずかに口元を緩める。すると、

「御目付花輪殿、まいられました」

御城坊主に告げられ、表情を引き締めた。

三

「お呼びによりまして、参上つかまつりました」

征一郎は廊下で一礼した。

「苦しゅうない。入れ」

宗武は穏やかな顔を向けてきた。征一郎は部屋に入り、宗武の前に座った。

「出雲の吟味いかがなっておる」

「ただいまは、自邸にて蟄居していただいております」

「蟄居は聞いた。吟味が終わらぬのは、何故かと聞いておる」

「大岡さまを下手人とするには不審な点がございます。それを明らかにするまでは吟味は終了しません」

征一郎は臆することなく返した。

「その不審点とは?」

征一郎は錦小路の袖に付着していた血、忠光の脇差の血糊、錦小路と家重の脇差が庭に捨てられていたことを挙げた。宗武の顔がくもる。

「なるほど、不審と言えば不審であるが」

「田安さまにおかれましては、いかにお考えにございますか。良きお考えがあれば、是非ともお聞かせくださりませ」

征一郎は頭を下げた。

「うむ。そうじゃのう」

　宗武は思案を巡らすように視線を泳がせる。すると、それまで二人のやり取りを聞いていた広橋が、

「大岡殿の吟味がすんでおらないということは分かりましたが、わたくしとしましては、禁裏に対し報告せねばなりません。とりあえず、錦小路が病という使いは立てていただきましたが、さて、どうしたものか。病ではなく、何者かの手にかかって殺められた。しかも、下手人も不明となれば、どのような報告をすればよいか」

　困惑したように口を挟んできた。

「いかにも、広橋殿の困窮、お察し申し上げる。下手人不明ということが続けば、朝廷と幕府の関係が心配される」

　宗武は幕府と朝廷の関係が悪化するのは、おまえが忠光の吟味を終えないからだとばかりに征一郎を睨んできた。

「それは、その通りでございますが、かと申して、出雲さまを無実の罪で処罰することはできません」

「そなた、出雲に遠慮しておるのか」

「いいえ。そういうわけではございません。わたくしは、相手によって吟味に手加減

するようなことはございません」

征一郎は声を振り絞った。宗武の脳裏に、剣術の手合わせで手加減しなかった征史郎の姿が浮かんだ。

「兄弟似ておるわ」

宗武はおかしそうにくすりとした。

「どういうことでござりましょう」

征一郎はいぶかしげな顔を返す。

「そなた、知らぬのか。弟征史郎は余と剣術の手合わせを致したのじゃ」

宗武は稽古の経緯を述べた。

「それは、とんだご無礼を」

征一郎は恐縮の体で両手をついた。

「謝ることではない」

宗武は鷹揚に返してきた。

「ともかく、花輪殿、吟味のほどよろしくお願い申し上げる」

広橋は懇願するように声を震わせた。

「そうじゃ。御公儀の体面もある。いつまでもずるずると先延ばしにすることは許されん」

「かしこまりました」

　征一郎は頭を下げ、退座した。

（征史郎の奴め）

　廊下を歩きながら宗武から聞いた剣術の稽古を思い浮かべた。次第に頬が緩んでくる。

「征史郎、やるではないか」

　征一郎は昨晩からの心労がわずかではあるが癒されたような心持ちになった。


　その征史郎は自宅に吉蔵の訪問を受けた。春のやわらかな日差しが眠気を誘う昼下がりだ。

「あんた、今日は遅いじゃないの」

　お房が長屋から顔を出して吉蔵を叱った。

「すいません。ちょいと、色々とあったもんで」

　吉蔵は曖昧に口ごもりながら盤台を見せたが、お房は、今日は間に合っていると断った。征史郎はおかしそうに笑いながら吉蔵を中に入れた。

「どうした」

征史郎はあくびを漏らした。

「大岡さまの御屋敷に行ったんですが、ちょっと、様子がおかしいんで」

「様子がおかしいとは?」

「門という門にいかめしい顔つきの侍が固めていましてね、出入りができないんですよ」

「そりゃ、蟄居《ちっきょ》閉門じゃないか」

征史郎は思わず立ち上がった。

「竹は組んでいなかったんですがね」

「そうか……。しかし、穏やかじゃないな。まてよ、ひょっとして、昨晩のことと」

征史郎は昨晩、征一郎が慌ただしく登城したことを語った。あれから征一郎は帰っていない。

「若、勅語奉答の儀、昨日ですよ」

「出雲さまの蟄居まがいの扱い、兄上の急な登城、怪しげな投書と関係があるのか」

「さあ、どうでしょうね」

「心配だな」

「若、探ってきますよ」

「頼む。おれは、兄上に確認してみよう」

吉蔵は慌ただしく出て行った。

征史郎も、居ても立ってもいられなくなり、大刀を掴むと吉蔵を追いかけた。


征史郎と吉蔵は評定所に来てみた。評定所は目安箱が設置してある。行くあてはなかったが、とりあえず来てみたのだ。いつになく、大勢の侍がいる。皆、袴の股立ちを取り、小袖を襷掛けにしている。侍たちは評定所に隣り合わせた伝奏屋敷の周囲を取り巻いていた。

「ずいぶんと、ものものしいですね」

吉蔵は囁いた
「何か、あったに違いない」

「伝奏屋敷に騒ぎがあったとすると、やはり、勅語奉答の儀で何かが起きたのでしょうか」

「その可能性は大だな」

征史郎は伝奏屋敷の方に目を凝らした。すると、

「ああ、兄上」

警護の侍に混じって征一郎の姿をみとめた。征一郎が伝奏屋敷の喧噪の中にいる。

吉蔵も征史郎の視線を追い、征一郎の姿を確認した。

「こら、きっと勅語奉答の儀で何かあったんですよ」

「間違いないな」

「すると、大岡さまが蟄居処分になったということは」

「分からん。しかし」

征史郎は思案を巡らすように空を見上げた。二人の心には暗雲が立ち込めているのに、霞がかかっただけの抜けるような青空だ。

「どうしやす」

吉蔵の問いかけに応える前に、征史郎は駈け出した。

「若、そっちはまずいですよ」

征史郎は伝奏屋敷に向かって走った。伝奏屋敷の築地塀に至ると、

「兄上」

征一郎を呼んだ。警護の侍は突然現れた巨漢の男に不審な目を向けてくる。征一郎はすぐに征史郎の姿に気づいた。侍たちをかき分け、

「どうした。このような所に」

征一郎は公務中だとばかりに不機嫌に顔を歪めた。昨晩から寝ていないのだろう。目元が黒ずんでいる。

「いえ、その、目安箱に投書でもしようかと思いましてまいったところ、兄上の姿を見かけたものですから」

「目安箱に投書だと。おまえ、何を」

意外なことを耳にし、征一郎は吹き出した。

「まだ、何を投書するかは考えておりません。まずは、目安箱とはどのようなものであろうと、見物にまいった次第です」

「ふん、暇な奴だ」

征一郎は鼻で笑った。

四

「ところで、なんです、このものものしさは」

征史郎はわざとのんびりとした口調をした。

「なんでもない」

征一郎は横を向いた。

「そんなことはないでしょう。昨晩、急に登城されてお帰りになってはいないではありませんか」

「余計な詮索はするな」

「ひょっとして、勅使ご一行にもしものことが」

「知らん」

征一郎は横を向いたままだ。しかし、その横顔を見れば、容易でない出来事が起きたことが察せられる。

「ひょっとして、大岡出雲守さまが関わっておられるのでは」

「きさま」

征一郎は驚愕の目をした。次いで、征史郎の襟を引っ張り道の隅に引いて行った。征史郎の巨漢があわてふためくほどの、力である。その所作により、忠光に関係する、しかも悪いことで関係することが窺われる。

「何をなさるのです」

征史郎は征一郎の腕を解いた。

「出雲さまのことどこで聞いた。まさか、江戸市中にまで知れ渡っておるのか」

「出入りの魚売りから聞いたんですよ。大岡さまの御屋敷を大勢の侍が取り巻いていて、なんかものものしいありさまだったって。それで、ひょっとして、と思った次第です。わたしは、何も悪いことはしておりませんよ」

征史郎は心外だとばかりに頰を膨らませた。

「そういうことか」

征一郎は忠光のことが江戸市中に漏れていないことを知り、ほっとしたようだ。

「やはり、大岡さまの身に何か？」

征史郎は声を潜めた。征一郎は口にしていいか迷っている風だったが、

「うむ」

短くうなずいた。

「では、大岡さまは蟄居なさっておられるのですか」

「そういうことじゃ」

「大岡さまが蟄居なさったのはこの騒ぎと関わりがあるのですね」

「うむ」

「伝奏屋敷で何があったのです」

「勅使が亡くなられたのだ」

征一郎は伝奏屋敷を見た。築地塀から覗く桜の花びらが風に運ばれ、粉雪のように降り注いでくる。

「勅使が亡くなられた。それに出雲さまが関わっておられるのですか」

「分からん。それを今、調べている」

征一郎は言うと、これ以上のことは言えないと口を閉ざした。征史郎は悪い予感が的中したことに啞然とした。征一郎は伝奏屋敷に戻ろうとしたが、

「おまえ、田安さまと剣術の手合わせをしたそうではないか」

微笑みを浮かべた。

「兄上のお耳にはいりましたか」

征史郎は虚をつかれ口ごもった。

「耳に入ったも何も、田安さまご本人から聞いたわ」

「そうですか。それは、まあ」

征史郎は照れるように頭を搔く。その拍子に肩に付いた桜の花びらがさわさわと舞い散った。

「おまえ、手加減をせず田安さまを打ち据えたそうだな」

「ええ、いけませんでしたか」

「いけなくはない。良くやった」

征史郎はめったにない兄の誉め言葉に戸惑いながらもうれしくなった。

「兄上のご出世に悪い影響を及ばさねばよろしいのですが」

「おまえに心配されるような仕事ぶりはしておらん」

征一郎は声を立てて笑った。

「では、お身体大切に」

征史郎は踵を返した。征一郎は足早に伝奏屋敷に戻って行った。


「まずいことになったぞ」

征史郎は吉蔵の側にやって来た。

「やはり、大岡さまの身に」

「身にどころじゃないな」

征史郎は征一郎とのやり取りを語った。

「大岡さまの吟味の様子は分かりませんが、まずいことになっているのは確かですね」

吉蔵も考えあぐねた。

「一体、どうなっているんだ」

征史郎は苛立った。征一郎の実直な性格を思うと、吟味の内容を詳しく話してくれるとは思えない。

「探るか」

「大岡さまの御屋敷ですか」

「そうするしかないだろう」

「しかし、蟄居ということは迂闊には近づけませんよ」

「そりゃ分かってるよ」

「じゃあ、どうするんで」

「それを考えるか。飯でも食いながらな」

征史郎は呉服橋御門に向かって歩き出した。


征一郎は再び呼び出しを受けた。今度は、家重からだという。征一郎の頬は嫌でも緊張で強張った。将軍へお目見得が叶う家格ではあるが、直接拝謁を受けることなど、今までにないことだ。

用件は分かっている。側近の忠光が錦小路殺害の嫌疑で蟄居させられているのだ。忠光のことが気になるのだろう。吟味に当たった征一郎から直接話を聞きたいのに違いない。

征一郎は身を引き締め、髪と髭を整え、江戸城中奥の将軍御休息の間に向かった。御城坊主の案内で、御休息の間の襖の前に正座する。御城坊主が襖越しに征一郎の来訪を告げた。

間もなく、襖が開けられた。

「花輪征一郎、参上つかまつりました」

征一郎は両手をつき挨拶をしてから中に入った。まばゆいばかりの金色が広がっている。襖絵、格天井には金箔が押され、花鳥風月が鮮やかに描き出されている。畳は真新しく、上段の間は豪華な調度類に飾り立てられていた。

その煌びやかな中に家重は座している。小姓が控えていた。普通ならば当然控えているはずの忠光の姿がない。征一郎は下段の間の最も下座で平伏した。

家重は上段の間から何事か声を放った。だが、よく聞き取れない。だが、その言葉を聞き直すわけにはいかない。征一郎は、面を上げよということだと解釈しわずかに顔を上げた。上目使いに見ると、家重は憔悴しきったように脇息に身をもたせている。

またも、何事か口を動かした。忠光のことを聞いているようだ。征一郎は、昨晩からの経緯を包み隠さず語った。家重は黙って聞いている。征一郎は語り終え、平伏した。

すると、家重は小姓に何ごとか囁いた。身ぶり手ぶりで紙と筆を要求していることが分かる。果たして、家重は小姓から紙を受け取ると、筆を走らせた。次いで、征一郎に向かって差し出してきた。

征一郎は膝を進め、両手で受け取った、そこには、

――忠光は無実か。腹蔵なく答えよ――

と、記されていた。言葉と違い、流麗な文字だ。征一郎は、

「出雲さまは無実です。拙者は出雲さまが何者かに陥れられたものと考えております」

きっぱりと答えた。家重は笑みを浮かべた。次いで、再び筆を走らせ、

「花輪征一郎、忠光の無実を晴らすことを命ずる。この役目遂行に関し、何人も邪魔立てすることを許さぬ。家重」

最後には花押を記した。

これは、錦小路殺害事件につき、全権を将軍から与えられたに等しい。それだけに、

責任は海より深い。

「この花輪征一郎、この身に替えましても。やり遂げてご覧に入れます」

征一郎は全身に力をみなぎらせた。家重は言葉を放った。それは、間違いなく、

「頼むぞ」

と、言ったに違いなかった。

第七章　忠光邸

一

その頃、田安宗武の屋敷には尾張中納言徳川宗勝、老中松平武元、それに勅使広橋兼胤が集まっていた。庭に作られた茶室である。吉蔵が正体不明の公家が逗留していることを発見した茶室だ。

「ここに錦小路殿がご逗留になったのですが」

宗武は感慨深げな顔をした。

「そうですな、あたら若い、お命を」

宗勝は窓の間から覗く桜の花を見上げた。まるで、一時優美な花を咲かせたと思うと潔《いさぎよ》く散る桜になぞらえているようだ。桜の花びらは池の水面に浮かび、茶室にも運ばれてくる。やわらなか日差しが降り注ぎ、時折鹿《しし》おどしの音が響く長閑《のどか》な風景は伝奏屋敷の喧噪とは別世界だ。

　茶釜がぐつぐつと煮え立った。

　宗武が流れるような手つきで茶を点てる。広橋、宗勝、武元の順で飲み干した。

「さて、これからですが、出雲があのような暴挙を企てたこととなりますと」

　武元はおもむろに口を開いた。皆、身構えた。緊張の面持ちになる。

「畏れながら、上さまはさぞこれから難渋なさることでしょう。のう、武元」

　宗勝に言われ、武元は額に汗を滲ませた。

「もちろん、我ら幕閣にあるもの身命を賭して上さまを補佐する覚悟でございます」

「それは、分かる。当然じゃ。当然じゃが、そなたら幕閣に、上さまの補佐、いや、はっきり申そう。上さまのお守《もり》ができるか」

　宗勝は皮肉な笑みを浮かべた。武元は言葉を飲み込んだ。

「わたしが、こういう場合、補佐すべきでしょうが、わたしは上さまより、疎《うと》んじられておりますので」

　宗武は薄く笑った。

「何をそのようなことを」

武元はあわてて取り繕ったが、

「よい。兄上に嫌われておること、天下周知の事実じゃ」

宗武は笑い声を放った。茶室の中でそれが不気味な反響となった。

「はっきりと申そう。出雲がいなくては上さまに政を行うことは無理じゃ」

宗勝は言い切った。武元はうつむいている。

「よって、ご隠居願う」

宗勝は声こそ小さくしたが、きっぱりと言い添えた。誰も異を唱える者はいない。

宗勝はさらに語気を強め、

「そして、次の将軍であるが、これはもう、誰が見ても明らかじゃ」

宗武を強い眼差しで見据えた。宗勝の視線を受け、宗武は無言で笑みをたたえた。全身から揺るぎない自信をみなぎらせている。

「どうじゃな、武元」

宗勝に問われ、

「わたくしとて、次の将軍は田安さま以外には考えられぬものと存じます」

武元は意を決したように言うと、広橋を見た。

「広橋卿、いかがでござりましょう。禁裏とて異存はないと存ずるが」

「仰せの通りでございます。聡明を以て鳴る田安殿であれば、異存を申す者おりませぬ。それに、田安殿の尊皇心厚きこと、禁裏にも聞こえております」

広橋は穏やかな目を宗武に向けた。宗武は軽く頭を下げる。

「これで、決まりだ」

宗勝が言うと、宗武は再び茶を点てた。茶室は和やかな空気に包まれた。

「それにしても、出雲は何故、錦小路殿を殺めたのでしょうな」

武元が小首を傾げた。宗勝と広橋も、「さあ」と首をひねるばかりだが、

「饗宴の席での錦小路殿の振る舞いが気になったのでは」

宗武が言った。

「饗宴の席の」

武元は問い返した。

「さよう。上さまに向かっての発言」

「ああ、帝の役割とかしきりと尋ねておられましたな。あの時、田安さまの機転でどうにか収まりましたが」

「それと、剣舞でござる」

「あの、剣舞が何か」

武元は目をしばたたいた。宗武は茶を点て広橋の前に置いた。

「あの、剣舞。錦小路殿は異様に殺気だっておいでであった」

「わたくしには、見事な舞としか見えなかったのでござるが」

武元は恥じるように目を伏せた。

「武元も鴻門の会の故事を存じておろう」

宗武は武元を見据えた。

「史記でございますな。項羽が劉邦を暗殺しそこなった」

「さよう。錦小路殿の剣舞は出雲の目には項荘に映ったのでは」

「なるほど」

武元は膝を打った。宗勝もうなずく。

「よって、忠光も剣舞を舞った。上さまを錦小路殿の刃から守るためでござる」

宗武は静かに結論づけた。

「錦小路殿は本気で上さまを殺めんとしておったのですか」

武元は広橋に視線を送った。

「まさか、そのような大それたこと。出雲殿の誤解でしょう」

広橋は大きくかぶりを振った。

「今となっては、分からぬ。じゃが、錦小路殿は相当な尊皇思想の持ち主であったことは事実でござる。これにあるは、錦小路殿の遺品」

宗武は紫の風呂敷包みを皆の前で広げた。書物が現れた。

「これは」

武元は書物を取り上げた。史記、古事記、日本書紀、太平記、それに山崎闇斎《やまざきあんさい》、竹内式部《たけのうちしきぶ》の著作がある。

「ここにご逗留の折も、読んでおられた。わたしにも熱っぽく帝を敬うべきと尊皇思想を語られた。病をものともせずに……。また、竹内の主催する会合にもさかんに出席なさっておられたとか」

宗武は広橋を見た。竹内式部は徳大寺《とくだいじ》家に仕える学者で、山崎闇斎の流れをくむ垂加流神道の熱心な研究者である。「天下の大道」を説き、朝廷がより大きな権威と力を持つべきと主張している。

「近頃、竹内式部の影響を受けておる若い公家どもがあとを絶ちませぬ。嘆かわしいことですが」

広橋は目を伏せた。

「筋金入りの尊皇家か。このこと、出雲は知っておったのか」

宗勝が聞いた。

「おそらくは」

「すると、それゆえ、錦小路が上さまのお命を狙うと考えたのでしょうな」

武元が言った。

「しかし、このことが明らかになるのは、少々まずい。朝廷にとってもいいことにはならん」

宗勝に言われ広橋は首をすくめた。

「いずれにしても、錦小路殿が竹内式部の影響を受けていたことはこの場だけの話にしておくがよい。事実は出雲が錦小路を殺したということじゃ。わけは出雲の錯乱とでもするのがよかろう」

宗武は薄く笑った。

「ところで、肝心の出雲の吟味、いかがなっておるのか」

宗勝は武元を見た。

「はあ、目付の花輪征一郎に任せておりますが、あの者、なかなかの剛直者でござりまして、自分が納得するまで吟味を終えようとはしません」

「すると、未だに花輪は出雲の仕業ではないと考えておるのか」

宗武が気色《けしき》ばんだ。武元は自分が責められているかのように頭を下げる。

「花輪はなんと申しておるのじゃ」

宗勝も厳しい視線を浴びせかける。

「出雲を下手人とするには不審な点があると」

武元は、征一郎が納得できないとした点を話した。

「それは、わしも聞いた。だが、まだそのようなことに拘《こだわ》っているのか」

宗武が舌打ちをした。

「なんとしたことじゃ」

宗勝も当惑を隠せない。広橋も落ち着きをなくし目をきょろきょろと泳がせている。

「このまま、花輪に好きにさせておくつもりか」

宗武に言われ武元は唇を噛んだ。

「抱き込むのじゃ」

宗勝が言った。

「そうじゃ、昇進を持ちかけよ。ひとまずは、大坂か京の町奉行にでもさせたらどうじゃ。江戸から遠ざけることにもなる」

宗武は言った。遠国《おんごく》奉行は旗本の出世の道としては順当である。遠国奉行を経て勘定奉行、町奉行という要職に登る。

「分かりました。早速に」

武元は立ち上がった。

「いよいよ田安殿の天下にござるぞ」

宗勝は満面に笑みを広げた。

「我ら、朝廷も大いに期待しております」

広橋も追従笑いを送った。

「わたしが将軍となった暁には、禁裏のこと、決しておろそかにはしません」

宗武は力強く答えた。

ふと、征史郎の顔が脳裏を過った。

二

征一郎は伝奏屋敷に戻った。すると、控えの間に武元が待っているという。吟味の報告を求めて来たのだろうと足を向けた。

「花輪、ご苦労であるな」

武元はいたわるような目を向けてきた。

「御役目でありますゆえ」

征一郎は慇懃に返す。

「して、吟味の方いかが相なっておる」

「相も変わらず、不審な点を解決できずにおります」

「そのほうが不審と思うことは分かるが、そのような些細なことにいつまでもこだわることはあるまい。早々に吟味を終えてはどうか」

「吟味を終えるとはいかなることでござりましょう」

征一郎は鋭い視線を向けた。

「決まっておろうが、下手人は出雲殿と決まったのじゃ」

「決まってはおりません」

征一郎は毅然と返した。

「決まっておらんじゃと」

「わたくしは、出雲殿の仕業ではないと考えております」

「馬鹿な」

「馬鹿なことではございません」

「現場の状況が出雲の仕業と物語っておるではないか。それに、出雲には錦小路殿を殺める理由もある。錦小路が上さまのお命を狙ったと思ったのじゃ。もっとも、これは公にはできぬが。ともかく、出雲め、錯乱しておったのじゃ」

武元は畳み込んだ。

「錯乱とはとんでもないことでござります。わたくしは、出雲さまを吟味いたしました。いつも通りの聡明な出雲さまでありました」

「いつも通りの聡明な出雲の……」

武元は皮肉な笑みを浮かべた。

「わたくしは、真の下手人を挙げます」

征一郎は力強く言い放った。

「真の下手人のう。で、当てはあるのか」

「今のところは、まだござりませぬ」

「そのような不確かなことで吟味を終えぬことは許さん。早々に断を下すのじゃ」

「それは、できません」

征一郎はきっぱりと跳ねつけた。武元は舌打ちしたのち、

「大したものよ」

笑みを広げた。征一郎は硬い表情のままである。

「目付たる者、そうでなくてはならん。いや、感服いたした。そなたのことは城中でも、つとに知られておる。一本筋の通った男であるとな。じゃが、直参旗本の家に生まれ、目付にまで昇進したそなたじゃ。これから先、ますます、その手腕を発揮したいと思うは当然と思うが」

「いかなることでござりましょう」

征一郎は警戒の色を浮かべる。

「決まっておろう。昇進をしたいであろうということじゃ。まずは、いずれかの遠国奉行じゃ。何処がよい。大坂か京か。それとも長崎がよいか。長崎奉行は実入りがよいぞ。ははは」

武元は愉快そうに肩を揺すって笑った。

征一郎は胸が塞がれる思いがした。出世を餌に自分を取り込もうとしている。それが、見え見えなだけに不快の念がこみ上がる。

「今は、とにかく己の役目を果たすまで、と存じます」

征一郎は頭を下げた。武元の笑みが消えた。

「それは、いかなることじゃ」

「錦小路殿殺害の下手人を探し出すということでござります」

「出雲の無実を晴らすということか」

「はい」

武元は口をつぐみ、目を吊り上げた。

「ならんと申してもか」

「それが、わたくしの御役目にござります」

「念のため申しておくが、これはわしの一存ではない。畏れながら田安卿のお考えでもある。田安卿はそなたにも目をかけておられるぞ」

「それは、身に余る光栄と存じます。それでは、ますますもって、吟味を終えるわけにはまいりません」

「田安卿のお立場を分かっておろうな」

「上さまの弟君にして従三位宰相の官位にあられるお方」

「それだけではない。出雲がいなくなれば、上さまは難渋なさる。果たして、将軍の重責を担い続けることできるものか。そうなれば……」

やはりそうだ。武元は田安宗武に懐柔されているのだ。

「わたくしには、御公儀の上層部のことは分かりませぬ。何度も申しますように今の御役目を全うするだけでございます」

「出雲の吟味、やめぬということじゃな」

「はい」

征一郎は両手をついた。

「その言葉、しかと聞いた。後悔することになるぞ」

「後悔するとしましたら、出雲さまの吟味を中途半端に終える方でございます」

征一郎はきっと顔を上げた。

「ふん、剛直者めが」

武元は吐き捨て足音高らかに部屋を出た。

(上さまから頂戴した書付、見せるべきだったか)

征一郎は懐から家重が書き記した書付を取り出した。しかし、これは切り札である。いざという時まで封印しておくべきと丁重に懐に仕舞った。

武元は田安邸に引き返した。茶室に入ると宗勝と広橋の姿はない。

「花輪、どうであった」

宗武は一人茶を飲んでいた。武元はうつむき加減に、

「それが、どうにも融通のきかぬ男で」

征一郎に拒絶された経緯を話した。

「噂に違わぬ剛直者じゃな」

宗武はおかしそうに笑った。

「いかがいたしましょうか」

武元は困り果てたようである。

「そのような剛直者、無理に圧力をかけるとかえって意地を張るもの」

宗武は楽しげである。

「では、放っておきましょうか」

「放っておくわけにはいかぬであろう。このまま、評定所で出雲を吟味すれば、あの剛直者が出雲の無実を主張する。それを無視するわけにはいかぬではないか」

「ですが、花輪の吟味結果など無視すればよろしいかと」

「そうはいかぬ。そなたが、今回は花輪に吟味役を任せたのだ。それを無視したとあっては御公儀の秩序が乱れる」

宗武は茶を点て武元の前に置いた。武元は困惑顔である。

「困りました」

「そうじゃなあ。だが、手立てがないことはない」

「それは、いかなることでござりますか」

武元は茶椀も目に入らないように身を乗り出した。

「将を射止めんとすれば馬から、と申すではないか」

宗武はニヤリとした。武元は無言を返すのみだ。

「弟よ」

「弟？」

「そうじゃ。花輪征史郎。部屋住みの身。剛直者の弟じゃ。弟を抱き込む」

「田安さまは花輪の弟とご面識が」

「いささかな」

宗武は言った。

武元が茶室から出て行くと、にじり口が開けられた。

「おお、脇田」

脇田金吾は、吉蔵が目撃した公家侍だ。

「田安さま、京都所司代より、錦小路さまの身辺を調べた調書が大岡出雲に届けられたようでござります」

「ふん、出雲め。こしゃくなことをしおって」

「ともかく、事が荒立たないうちに、奪い取ってまいります」

「伊賀者を使うか」

「いえ、伊賀者には別の役目を与えておりますので、ここは後腐れが残らないよう痩せ浪人どもを雇います」

「また、行商人に扮するか」

宗武はおかしそうに笑った。

「いえ、今回はそこまでは。それより、伊賀者のお取り立てお忘れなきよう」

脇田は頭を垂れた。

「分かっておる。だがな、江戸城に詰めておる伊賀者は、父上がお創りになられた御庭番にすっかり役目を奪われてしまい、役立たず揃いじゃ。ちと心もとない気もするが……」

「ですから、今度の企てに用いるのは伊賀の里から連れてまいった連中にござります」

「ま、手並みを見てからじゃな」

宗武に言われ、脇田は神妙にうなずいた。

征史郎のもとに坂上道場から書状が届いた。

「なんだ、急だな」

書状には、海野道場との対抗試合が明日の昼に行われることが記されていた。田安宗武の都合がつかず、日延べが繰り返されてきただけに、唐突な印象をぬぐえない。書状には、田安宗武のたっての希望だという。

田安宗武の希望を無視するわけにはいかない。

「しょうがないか」

征史郎は庭に出て木刀で素振りを行った。すると、

「若、準備ができましたぜ」

吉蔵がやって来た。天秤棒を担いでいるが、紋付羽織袴に身を包んでいる。そのためか、お房も吉蔵と気づかない。

「なんだ、その、中途半端な格好は」

「勝浦の漁師の網元ですよ」

「勝浦?」

「大岡さまの御領知です」

「ああ、そうか。国元から魚を献上するということだな」

「そういうことで」

「しかし、蟄居中だ、入れてもらえるかな」

「まだ、出雲さまが錦小路さまの殺害を行ったこと、御公儀は伏せております。国元の領民が知らなかったとしてもおかしくないのでは」

「そうだな。行ってみるか」

三

征史郎と吉蔵は忠光の屋敷にやって来た。やって来たものの、征史郎はあまりに目立ちすぎるゆえ、屋敷の中に入るのは吉蔵のみとなった。表立っては蟄居閉門ではないが、屋敷の門という門に幕府から派遣された警護の侍が詰めている。皆、口にこそ出さないが、無言の威圧を往来に投げかけ、何人の出入りも拒んでいた。吉蔵は裏門に向かった。

「あの、わたし、お殿さまのご領知の者です」

吉蔵は番士に頭を下げた。番士は厳しい顔で無言の威圧を投げかけてくる。

「なんだ、何用だ」

番士は重い口を開いた。

「国元からお殿さまに献上の魚を持ってまいりました」

吉蔵は盤台の中の鯛と懐から道中手形を差し出した。手形はもちろん偽造である。

番士はしばらく吉蔵と鯛を見ていたが、

「よかろう」

吉蔵を導き、潜り戸を開けた。吉蔵は台所に向かった。勝手口から中に入る。屋敷の中にも警護の侍が満ち、いかめしい顔で警護の任に就いている。

「あの、何かあったのですか」

吉蔵は番士に聞いた。番士は、

「なんでもない」

ぶっきらぼうに言い返してきた。

「では、これをお殿さまに直にお目にかけたいのですが」

吉蔵が言うと、番士は、

「分かった。お報せしよう」

番士は御殿の奥に入った。やがて、忠光が台所に現れた。吉蔵は、

「お殿さま、勝浦からまいりました」

盤台を差し出した。忠光は、吉蔵を見、わずかに表情を崩したが、

「遠路、大儀」

鯛を見て相好《そうごう》を崩した。

「あたしが申しますのもなんでございますが、見事な鯛です」

「うむ。そうじゃのう。領民どもによしなに伝えよ」

「かしこまりました」

忠光はそれから、番士の方を向いて、

「では な、ちと待て。感状をしたためるゆえな」

番士は無言でうなずく。忠光は奥へと引っ込んだ。吉蔵は今更ながらに、忠光の置かれた窮状を知った。さかんに、番士に向かって愛想を言ったが、無言のままだ。まるで壁に向かって話しかけているようだ。やがて、

「待たせたな」

忠光は書状を持参して来た。

「ありがとうございます」

吉蔵は両手で受け取ると、台所を出、さらには裏門を出た。夕闇が忍び寄っている。

屋敷を出たところで、番士の目が及ばない所まで行き、中を検めた。

「目付花輪征一郎殿へ渡してくれ、か」

書状の束があった。中を見ていいものか、迷っていると、背後で殺気がする。果たして、

「それを、渡してもらおうか」

黒い覆面をした身なりの良い侍が立っている。言葉に上方訛りが感じられた。顔こそ分からないが背丈と声から田安邸で見かけた公家侍と直感した。事実、錦小路の公家侍脇田金吾である。

「これは、お殿さまから頂戴した感状でございますので、国元に届けませんと」

吉蔵は伏し目がちに答えた。

「ほう、感状か。では、中身を見せてもらおうか」

脇田は右手を差し出してきた。

「そんな、いくら、なんでも、見も知らぬお侍さまにお殿さまの大事な感状をお見せするなどできません」

「いいから見せなはれ」

「できません」

「痛い目に遭いますよ」

「そんな、おやめください」

吉蔵が返したときに脇田の背後からどやどやと人影が現れた。月代や髭がぼうぼうの男たちだ。一目見て、金で雇われた浪人と分かる。吉蔵は素早く人数を数えた。七人だ。

書状であるかが分かる。

忠光の書状を奪うのに七人、いや、見知らぬ侍を入れると八人か。いかに、重要な

「そんな、ご無体ですよ」

吉蔵は身体を震わせながら、書状を侍に向かって差し出した。脇田は、ニタリとし、

「初めから、素直に渡せばよいのだ」

右手を出してきた。浪人の動きが止まった。その隙をつき、吉蔵は踵を返し、一目

散に走り去った。

「なんや、汚いやっちゃ」

脇田は歯嚙みし、浪人たちをけしかける。吉蔵は薄闇を御堀端に沿って走る。が、

浪人たちの足も速い。たちまちにして追いつかれそうになった。吉蔵は目についた、

空き屋敷に飛び込んだ。

主のいなくなった屋敷は腰まで伸びた雑草に覆われ、建物は朽ち果てている。建物の陰に隠れようとした吉蔵はあてが外れた。大きな杉の木の陰に身を潜めたが、とても身を隠せるものではなかった。ふと、足元に転がる石を拾った。

「阿呆め」

脇田は哄笑を放った。薄闇に脇田の哄笑と浪人の草むらを駆ける足音が吸い込まれる。浪人達は獲物を追い詰めた猟犬のように吉蔵の周りを取り巻いた。吉蔵は咄嗟に杉の幹に取りついた。

尺取り虫のように手足を動かし、幹を登る。

「おのれ！」

浪人の一人が刃を振るってきた。刃はすんでのところで吉蔵の足をかすめ、幹を傷つけた。吉蔵はかろうじて刃を躱《かわ》すと、大きく伸びた枝に取りつき、両腕に力を込める。次いで、「よっこらしょ」と身体を持ち上げ枝に跨《また》がった。

「そんなことをしても無駄や。降りて来なはれ」

脇田は声を振り絞った。

「降りていけませんよ」

吉蔵は見下ろした。闇の中に男達が蠢いている。

「命は助ける」

「信じられませんね」

「金もやるで」

脇田が見上げると、

「じゃあ。これ、渡しますよ」

吉蔵は懐から途中で拾った石ころを投げおろした。石は脇田の額を直撃した。脇田はうずくまり、

「よくも。引き摺り下ろすのや」

浪人達に悲鳴を放った。浪人達はしばらく杉の下でわめきたてていたが、脇田に叱咤され、一人の浪人が幹を登ってきた。浪人は必死の形相で吉蔵に近づいてくる。吉蔵は石を浪人めがけて投げつけた。石は浪人の面を打つ。浪人は手を放し、草むらに落下した。

「早く捕らえるのや」

脇田は苛立った。一人の浪人がうずくまり、もう一人が肩に登った。浪人は肩車をされ吉蔵に手を伸ばした。次いで、大刀を抜き、吉蔵に向かって振るう。吉蔵は刃を避けながら、杉の頂を目指し、幹を登り始めた。

「揺するのや」

脇田に言われ、浪人達は幹を揺らし始めた。吉蔵が右手を枝に伸ばそうとした時、大きな揺れを感じた。吉蔵の手は空を泳いだ。次いで、真っ逆さまに落下した。吉蔵は、浪人の一人にぶち当たり、草むらに落ちた。

「面倒かけて」

脇田はゆっくりと近づいて来た。吉蔵の身体が当たった浪人はうめき声を上げ、草むらにのたくった。

「口封じや」

脇田が言うと、浪人達は一斉に抜刀した。吉蔵は素早く身を起こそうとしたが、右足首を挫き、動くことができない。

「あんた、錦小路さまの公家侍だな」

吉蔵は脇田に向かって怒鳴った。脇田は無視し、浪人達に吉蔵の始末をつけるよう促した。吉蔵は目を瞑った。

四

浪人の刃が吉蔵を襲おうとした時、

「待て！」

征史郎の甲走った声が空気を震わせた。浪人達の動きが止まった。脇田は吊り上がった目を征史郎に向けてきた。皆、牛のような大男が猛然と駈けて来る姿に呆然とした。

「何者や」

脇田の問いかけに耳を貸さず征史郎は抜刀し、浪人の輪に突っ込んだ。浪人達は蜘蛛の子を散らすように、吉蔵から離れた。

「すんません」

吉蔵は顔をしかめ征史郎を見上げる。

「すまん、小便をしていてうっかり見過ごしてしまった」

「二人ともやれ。礼金は三倍払うで」

脇田の景気の良い言葉に、浪人達は勇み立った。

「やめておけ、怪我するだけだぞ」

征史郎は抜き身を下段に構えた。だが、欲に目がくらんだ浪人達に通じるはずもなく、征史郎と吉蔵を蛇がとぐろを巻くようにねちっこい目つきで取り巻いた。

「若、すんません。足を挫いてしまいました」

吉蔵は身動きできなくなったことを詫びた。

「心配するな。追い払ってやるさ」

征史郎は大刀を下段から大上段に構え直した。

二尺七寸の大刀が浪人達を威圧するように見下ろした。浪人達は輪をじりじりと狭めてくる。

「どうりゃ！」

征史郎は大声を上げた。浪人が二人、征史郎の左右から殺到してきた。右の一人は大上段に振りかぶり、左の一人は刀を腰だめに構えて突っ込んでくる。征史郎は大刀を横に一閃させた。大上段から繰り出された刃は薄闇に消え去った。

次いで、

「うぐ」

腰だめに突っ込んできた刃が征史郎の左の脇腹をかすめた。

征史郎は左肘で相手の顎を打った。浪人は刀を落とし、顎を押さえ草むらにのたうちまわる。

次に征史郎は残る五人に殺到した。浪人達はやたらめったらに刀を振り回し、狂ったような雄たけびを上げる。征史郎は落ち着いた目で浪人達の動きを見定める。大刀の峰を返し、一人の眉間、一人の首筋を打った。残るは三人だ。

三人のうち、二人が逃げ去った。たった一人になった浪人は、

「おのれ！」

自棄になって刀をぶんぶんと振り回してくる。

征史郎は、男の正面に立つと、

「そらよ」

大上段から振り下ろす。

「ひえ」

浪人は悲鳴を上げた。次いで、着物がばっさりと切れ落ち、下帯一つの裸に剝かれた。男は罵声を浴びせながら逃げ去った。

征史郎は大刀を鞘に戻した。

既に脇田の姿はない。

「吉蔵。おまえの奮戦なかなか面白かったぞ」

「冗談じゃありませんや。見物していたんだったら、助けに来てくださいよ」

「だから、こうやって来たではないか」

征史郎は言うと、背中を向け屈んだ。吉蔵は、

「大丈夫ですよ」

言ったがすぐに顔を歪めた。

「大丈夫じゃ、ないではないか。遠慮するな」

征史郎に急かされ吉蔵は身体を預けた。

「こいつらに、さっきの侍のこと聞くか」

征史郎は草むらを這いつくばっている浪人を足で起こした。だが、浪人は金で雇われたと返事を返すばかりで、脇田については知らない様子だった。

「ま、出雲さまの書状を見れば、何者か見当がつくだろう。どのみち、出雲さまを罪に陥れたい一派であることは間違いない。とすれば、おおよそは分かる。今は、出雲さまの無実を晴らすことが肝要だ」

征史郎は背中の吉蔵に話しかけた。

「その通りです。さっき、ちらっと中を見ましたら、花輪征一郎殿に渡して欲しいと

添え書きがありました」

「兄上にか。よし、ひとまず、我が屋敷に行こう」

征史郎は吉蔵をおぶったまま暮れなずむ道を表三番町の屋敷に向かった。

征史郎は吉蔵を自宅である長屋に入れた。

「ちょっと、待て。手当をしてやるよ」

「いいですよ。自分でやりますから。それより、書状が気になります」

「そうだな」

征史郎は言いながらも納戸に入ると、ごそごそと薬箱と晒しを探し出して吉蔵に渡した。次いで、行燈の灯りに書状を近づける。

「松平豊後守さまから出雲さま宛てに出された書状だ」

「松平豊後守さまって、いいますと、京都所司代でいらっしゃいますね」

吉蔵は塗り薬を右足の踵に塗った。

松平の書状には錦小路の人となりが記されていた。それによると、錦小路は尊皇家として知られる国学者竹内式部の影響を受け、集まりに頻繁に出かけているという。また、竹内を中心とする、若い公家の集まりがあり、その会合ではさかんに尊皇論が戦わされているという。

さらに、彼らの間で田安宗武を次期将軍に推す意見が出されているという。さらに、錦小路は広橋に先立つこと二十日ばかり前に京を出発し江戸に向かったことも書き添えられていた。

「これは、やはり、田安邸にいたのは錦小路と考えていいだろうな」

「間違いありませんよ」

吉蔵は晒しを巻いた。

「すると、錦小路は一体誰に殺されたんだ。田安さまにとって、錦小路は大事な客人。自分を将軍に推してくれる公家だからな」

「ほんとですね。なんか、仲違《なかたが》いをしたとか」

「仲違いな、考えられなくはないが」

征史郎は考え込んだ。

「仲違いをして、錦小路さまを殺した。そこへ、大岡さまが飛び込んで来た。こいつは、お誂え向きとばかりに、大岡さまに罪をなすりつけた」

「そうだな。それは十分に考えられる」

征史郎は大きく首を縦に振った。征史郎も吉蔵も錦小路の死の状況を知らない。錦小路が殺された晩、伝奏屋敷に出入りした者は忠光以外いないことを知らないのだ。

「よし、これは、兄上に渡す。兄上のことだ、出雲さまの無実を立証するのに役立ててくれるに違いない」

「そうですね。でも、若から渡すのはまずいのでは」

「かまわん。勝浦の漁師から言付《ことづ》かったことにする。幸い、兄上は未だお戻りではない。留守中におれが預かったことにすればいいんだよ」

「じゃあ、お願いします」

吉蔵は足を引きずって立ち上がった。

「その足じゃ、帰れないだろ」

「大丈夫ですよ」

「無理するな。駕籠を呼んでやろう」

征史郎はお房に駕籠を呼んで来るよう言いつけた。吉蔵は、痛む足を堪え、無理に笑顔を作った。

「これで、大岡さまも解き放たれるだろう」

征史郎は楽観的に考えた。

第八章　暗　闘

一

　その日も遅くなり、征一郎は戻って来た。

　征史郎はすぐに御殿に向かった。玄関を入ると、志保がやって来た。

「姉上、夜分に畏れ入りますが、兄上に面談いたしとうございます」

　志保は征史郎の改まった様子に緊急を察したのか、わけも聞かず、

「少々、待ってくださいね」

　奥へ向かった。志保に書状を渡してもいいのだが、征史郎は直接手渡し、錦小路殺害の取り調べの状況を確認したかった。間もなく、

「殿さまは書斎でお会いになります」

志保に言われ、征史郎は廊下を進んだ。

「征史郎です」

「入れ」

征史郎は襖を開け、大きな身体を中に滑り込ませた。

「どうした」

征一郎の顔には疲労の色が濃く浮かんでいた。昨晩から一睡もしていないのであろう。文机の上を見ると、書類が山のように重なっている。いつもは、整然と片付けられている机の乱雑なありさまを見るだけで、征一郎の激務が分かる。

「実は、兄上の留守中、このような書状が届けられました」

征史郎は大岡忠光の領民が鯛を届けたところ、忠光からこれを託され征一郎を訪ねて来たのだと言い添えた。

「なにせ、大岡さまからのお言付けと聞きましたので、一刻も早く、兄上に直接手渡そうと、持参しました」

「そうか」

征一郎は血走った目を向けてきたと思うと、書状を受け取りすぐさま燭台の蠟燭に近づけた。血走った目が大きく開かれた。

「いかがされました」

征史郎は兄の疲労困憊ぶりが気になった。

「いや、これは、そなたには申せぬ」

「それは、失礼申し上げました。ですが、その書状、今回の大岡出雲さまの一件に重要な意味を持つものと想像いたしますが、それだけでもお聞かせくださいませんか」

「うむ。そうじゃな、非常に意味があると申せるだろう……。そうじゃ、そうに違いない。これで、絵解きができた。いや、まだか、確かめねばな」

征一郎は独り言のようにぶつぶつと呟いた。何か、考えに没頭している様子である。

征史郎は、

「夜分、お邪魔いたしました」

部屋を出て行く時もまだ、征一郎はぶつぶつと独り言を繰り返していた。

征史郎が出て行くと、征一郎はおもむろに書類の束の中から一冊の報告書を取り出した。それは、御殿医から提出された錦小路有常の検死報告書だった。

死因は喉笛を貫いた傷から大量の血が流れ出たことであったが、もう一つ錦小路に関して驚くべき事実が報告されていたのだ。

「錦小路有常は労咳《ろうがい》。しかも、余命半年であったか」

御殿医は部屋に点々と付着した血痕のうち、喉笛から流れ出た血とは異なる血の跡を見つけたのだという。それは、労咳患者特有の喀血だった。

「余命半年の命。熱烈な尊皇家にして田安さま擁立の急先鋒。条件は整った」

征一郎は大きく息を吐いた。次いで、

「確かめねば」

つき動かされるようにして腰を上げた。たちまち、めまいがした。しかし、そんなことは言っていられない。評定は明日の昼なのだ。

征一郎は自分に気合いを入れるように頬を手で打った。次いで、志保を呼び登城すると伝えた。

「せめて、お着替えなど」

昨晩から着の身着のままの征一郎を気づかった。しかし、

「無用。それより、急ぐ」

登城の支度をさせた。

こうして、征一郎は駕籠を仕立て、屋敷を出た。その様子に征史郎は気づき、

「これは、一大事だな」

向かう先は伝奏屋敷に違いない、と、大刀を腰に差した。夜の闇に征史郎の大きな

身体も溶け込み、一定の間隔を保ちながら征一郎の駕籠を追った。

駕籠は征史郎の予想通り、伝奏屋敷の門前に横づけにされた。

征一郎は駕籠を降り、手丸提灯を片手に伝奏屋敷に入った。征史郎はそっと足音を忍ばせ、門の脇に潜んだ。伝奏屋敷は闇の中に静まり返っている。勅使広橋は田安宗武の屋敷に逗留しているらしい。警護の侍たちも任を解かれ、無人のはずだ。

征一郎は廊下を奥に進んだ。森閑とした闇が広がっている。無人であるから当然といえた。征一郎は自分の考えを確かめるべく錦小路の部屋を目指した。

庭に出、縁側を足早に進む。錦小路の部屋に至った。すると、闇が蠢《うごめ》いた。疲労ゆえの錯覚かと目を瞬いた。が、蠢きは人の影となった。

「何者！」

征一郎は提灯を向けた。男が二人、床の間の前に立っている。男達は征一郎の出現に驚いたようだが、すぐに攻撃を仕掛けてきた。脇差を逆手に持ち下段から斬り上げてくる。

黒覆面、黒装束といい、その剣法といい忍びか。が、征一郎には敵の正体を確かめる余裕はない。脇差を抜くと縁側から庭に降り立った。素早く、提灯を吹き消す。それでも夜目に慣れた二人の男は攻撃の手を休めない。

征一郎は脇差を突いた。とたんに、忍びの刀によって払われ、手から離れ庭に転がった。

征一郎は石灯籠の陰に回り込んだ。

忍びの刃が石灯籠にぶつかり、火花が散った。が、攻撃はやむことなく征一郎を襲う。着物の袖が切り裂かれ髷の元結が解け、ざんばら髪となった。忍びは征一郎を仕留めようと迫る。

征史郎は伝奏屋敷の門前で佇んでいた。伝奏屋敷に足を踏み入れることは憚られる。辺りは静寂と暗黒が広がるばかりだ。屋敷の中が気にかかる。胸騒ぎがする。と、鋭い音がした。刃がぶつかり合う音だ。

征史郎は最早、躊躇《ためら》うことはできなかった。

門を駆け抜け、庭を走った。夜目に忍び装束に身を固めた男が二人、石灯籠に迫っている。そして、石灯籠の陰にはまごうことなき征一郎の姿があった。

征史郎は地を蹴るようにして忍びに駆け寄った。忍びは征一郎に対する攻撃の手を止め征史郎を振り返る。一人がもう一人の肩に飛び乗り、それを台にして空高く舞い上がったと思うと、征史郎の背後に降り立った。

と、その刹那、征史郎の背後から刀を突き出してくる。征史郎は振り向きもせず、前方の敵に向いたまま大刀の切っ先を背後に向けた。忍びは串刺しになるところだったが、かろうじて右に避ける。

それでも、征史郎の抜き身は忍びの左脇腹を抉《えぐ》った。覆面越しにくぐもった悲鳴が漏れ、がっくりと膝をつく音がした。その間も征史郎は前方の敵と刃を交わす。忍びは数度征史郎と刃を交わしたのち、築地塀に飛び上あがった。すかさず、征史郎はあとを追う。忍びは築地塀の瓦に立ったまま、征史郎めがけて手裏剣を投げてきた。

征史郎は大刀で払う。

忍びは築地塀の向こうに姿を消した。

「兄上、お怪我は」

征史郎は石灯籠に向かって声を放った。

「危ういところであった。礼を申す。が、よくここへまいったな」

征一郎は髪を乱してはいても落ち着いた声音で返してきた。

「ええ、御屋敷で兄上のただならぬ顔つきが気になりました。耳を澄ませておったところ、緊急に登城なされたご様子。つい、胸騒ぎがしまして、勝手ながらついてまいった次第です」

「そうであったか。いずれにしても、礼を申す」

征一郎は軽く頭を下げてきた。征史郎は兄から感謝の言葉をもらい、目のやり場に困るように地でもがく忍びに目を向けた。征史郎は忍びに近づいた。

「誰に雇われておる」

征一郎は忍びの覆面を剝ぎ取った。闇の中に浮かんだのは意外と若い男だった。

「答えられぬか。そのほうども、伊賀者であるな」

再びの征一郎の問いかけに、忍びは無言の目を向け、その直後、

「兄上、こ奴、舌を」

征史郎が言ったように忍びは舌を嚙み切った。征一郎は舌打ちをした。

「こ奴ら、金魚鉢を狙っておった」

征一郎と征史郎は錦小路の部屋に入った。提灯を灯し、金魚鉢に近づける。

「征史郎、これを」

征史郎は提灯を持って、金魚鉢を照らした。征一郎はその灯りを頼りに、金魚鉢の中を調べた。右手を捲り、中に入れ何かを探っている。

「これだ」

征一郎はニヤリとして右手を金魚鉢から取り出した。征史郎は提灯を近づける。

「ギヤマン細工じゃ」

それは、ギヤマンで作られた鋭利に先の尖《とが》った柄のない短刀だった。

「これは」

征史郎は目を白黒させる。

「これを使って、錦小路有常は自害したのだ」

「自害？」

「そうじゃ。錦小路は自害だったのじゃ」

錦小路有常は労咳を患い、余命いくばくもないと悟った。そこで、勅使を拝命したことを利用し死に花を咲かせようとした。それを利用したのは、田安宗武だろう。ギヤマン製の透明な短刀で喉を刺し貫き、透明な金魚鉢に隠した。その際、金魚鉢に血が混じってはまずいため狩衣の袖口で拭った。

それが、血を拭った痕である。こうして、錦小路は自害を他殺に見せかけ、大岡忠光を誘い、罪を負わせたのだ。

二

征史郎は闇夜を忠光邸に急いだ。

伝奏屋敷から消えた忍びの行方が気になる。あ奴らはギヤマン細工の短刀を回収しようとして失敗した。忍びを雇っているのは、田安宗武であるのかどうかは分からない。しかし、忠光を罠に陥れた一派であることは確実なのだ。

すると、短刀回収に失敗したのち。

忠光の身が危ない。

征史郎は肩で息をしながら、忠光邸の裏門に至った。相変わらず警護の侍が固めている。それを見る限り、忠光邸に異変はなさそうだ。

(考えすぎか)

征史郎は屋敷の築地塀を巡った。松明を掲げた警護の侍が巡回している。征史郎は向かいの屋敷の築地塀に張りついた。侍達は、連日の警護で緊張が緩んでいるのか、時折あくびをもらしながら義務的に役目に従事している、といった風だ。

征史郎は壁に張りついて、彼らをやりすごすと屋敷内の様子を覗き込もうとして前

に出た。すると、

「なんだ」

思わず言葉が口をついた。忠光邸の築地塀の上を忍び装束に身を包んだ男達が五人、屋敷内の様子を窺っているのだ。征史郎は踏み込もうとした。ところが、地を足音が近づいて来る。

忍びではない。

（あいつ）

男は、吉蔵から忠光の書状を奪おうとした侍だ。脇田金吾である。脇田は征史郎の前まで来て、忍びを見上げた。

刹那、征史郎は飛び出し、抜刀すると脇田の首筋に峰打ちを放った。脇田が振り向く間もないできごとだった。脇田はその場に昏倒した。すると、脇田の指図を待っていた忍びが、ざわめき、道端に飛び降りて来た。

すかさず、征史郎を取り囲む。

「おまえらの雇い主はこいつか」

征史郎は刀の切っ先で脇田を示した。忍びは無言である。

「こいつは、錦小路卿の公家侍であろう」

しかし、答えが返ってくるはずがない。征史郎は大刀を忍びに向けた。忍びは踵を返し、走り出した。征史郎は虚をつかれたが、大刀を鞘に収め、あとを追う。

静寂が広がる闇夜にもかかわらず、忍び達は足音も立てずに走って行く。

(さすがは、忍びだ)

征史郎は妙なことで感心しながら歩足を速める。

息を乱しながらも両側に大名屋敷の築地塀が連なる永田町横丁通りを進み、富士見坂に至った。征史郎は周囲を見回す。

突然、闇の中から手裏剣が飛んで来た。

征史郎はからくも大刀ではたき落とす。忍びが姿を現した。征史郎はニヤリとした。忍びと対決するのは今晩が初めてである。征史郎の胸に剣客としての興味と喜びが湧き上がった。

忍びは征史郎の正面と背後、それに出雲松江藩松平出羽守の巨大な屋敷から伸びる松の枝から様子を窺っている。正面に二人、背後に二人、頭上に一人である。

征史郎はいきなり背後を振り返り大刀を振り下げた。一人の胸から血潮が飛び散った。すかさず、頭上の敵が手裏剣を投げてくる。征史郎は斬った忍びの身体を持ち上げて身を庇《かば》った。

手裏剣は死体と化した忍びの背中に突き立った。背後にいたもう一人の忍びは正面に回った。征史郎は頭上の敵に注意を払いつつ正面の敵と対した。

――びゅん――

正面の忍びが鎖鎌を放ってきた。征史郎の大刀に鎖が絡まった。

（これが鎖鎌か）

征史郎は生死のやり取りをしているにもかかわらず、楽しくなった。だが、そんな征史郎とは正反対に敵は必死に両側から刃を向けてくる。

「どうりゃ！」

征史郎は天をも貫く大音声を発すると大刀に絡まった鎖を手繰り寄せ、両手で振り回した。鎖を放った忍びの身体が持ち上がり、両側から向かって来た忍びにぶつかった。二人の忍びは跳ね飛ばされた。

それだけではない。征史郎は尚も手を緩めず、鎖を振り回し続けた。忍びの身体は頭上高く舞い上がり、松の枝に跨っていた忍びの身体にぶち当った。二人はもつれながら道端に落下した。

先に跳ね飛ばされた二人が刀を腰だめにして突っ込んで来た。が、その動きは鈍い。

征史郎は大地に根を生やした大木のようにどっしりと構え、右から左へ大刀を一閃させた。二尺七寸の大刀が二人を一気に切り裂いた。一人は胸、一人は腹を切り裂かれ、地に倒れる。二人の身体からどくどくと血が溢れ富士見坂を赤黒く染めていく。

次いで、背後に殺気を感じた征史郎は振り向きざま、大刀を突き出した。

征史郎の二尺七寸の大刀は残る二人の忍びを串刺しにした。

「ふ〜う」

征史郎は息を整えた。次いで、血振りをすると大刀を鞘に収めた。遠くで犬の遠吠えが聞こえた。


征史郎は忠光の屋敷に戻った。

築地塀を辿る。しかし、脇田の姿はなかった。

征史郎は警護の侍を摑まえ、忠光の屋敷を忍び達が窺っていたことを話した。侍は色めきたったが、当然ながら既に忍びの姿はない。

征史郎は忠光に忍びのことを必ず伝えるよう伝言し、闇に消えた。


その晩、脇田は田安邸に戻った。茶室で待つ宗武にギヤマン細工の短刀の回収に失敗したこと、忠光を切腹に見せかけ殺そうとして失敗したことを話した。

「申しわけございません。あっという間にやられました。おそらくは、出雲の屋敷を警護しておった者どもにやられた、と存じます」

　脇田は征史郎の顔を確かめる前に峰打ちで昏倒させられていた。

「余計なことを。出雲の命まで奪えとは言っておらぬぞ。どのみち、明日の評定で出雲は裁かれるのだ」

　宗武は舌打ちした。

「念のため、と思いまして」

「何が、念のためだ」

「出雲めが錦小路さま殺害の罪を認め、切腹したとすれば、万全と思ったのです。伊賀者にも手柄を立てさせてやれると」

「ふん、浅知恵よのう。このこと、今回の企てに響かねばよいが」

　宗武は露骨に顔をしかめた。

「すべての責任はわたくしが負います」

　脇田は畳に額をこすりつけた。宗武は冷然と見下ろした。

三

翌日、征史郎をはじめ坂上道場の面々は田安宗武の屋敷に入った。すぐに道場に通された。坂上道場は征史郎と弥太郎、それに選抜された三人の若者、木島林太郎、中山新之助、向井主人である。征史郎と弥太郎は落ち着いた表情であるのに対し、木島らは緊張の色を隠せない。

「おい、そんな硬くなるな。いくら、田安さまのご上覧でも、普段通りでいいんだぞ」

征史郎は木島の背中を叩いた。木島は田安宗武の名前を聞き、ますます頬を強張らせてしまった。

「海野殿、よろしくお願いいたす」

弥太郎は玄次郎に軽く頭を下げた。玄次郎は征史郎と弥太郎に一瞥を返したのみでそそくさと羽目板に向かった。そこには、本日の試合に出場する四人の者達が控えている。

「ふん、気取ってるな」

征史郎は舌打ちして木刀を振り始めた。弥太郎達は玄次郎達と反対側の羽目板に座った。玄関でざわめきが起きた。小姓がやって来て、宗武の来場を告げる。皆、居ずまいを正した。

さすがに征史郎も背筋を伸ばした。

「苦しゅうない」

宗武は紺の道着に身を包んで上機嫌に板敷をのっしのっしと歩いて来た。弥太郎はさすがに頬を強張らせた。そんな様子を見て、玄次郎は得意げである。

「そのほうどもが、坂上道場の面々か」

宗武に言われ、

「わたくしが道場主、坂上弥太郎にござります。このたびは、思いもかけず、田安宰相さまのご上覧を賜り、我ら光栄の至りにござります」

弥太郎は声を放った。

「うむ。本日は、良い試合を見ること、楽しみにしておるぞ」

宗武はニヤリとして試合開始を促した。

試合は木島と弥太郎が勝ち、二勝二敗で征史郎と玄次郎の対決となった。つまり、征史郎に勝敗が委ねられたのである。

征史郎はいやが上にも奮い立った。玄次郎もさぞや気負い立っているだろうと横目で見ると、征史郎と視線を合わせようとせず、どこか達観した様子だ。田安宗武の剣術指南役としての威厳を保っているつもりなのか、と征史郎は気にも留めず、道場の真ん中に立った。

玄次郎も静かに立つ。

二人は深々と礼をした。皆の視線が二人に集まる。

「待て」

宗武が制した。皆の視線が征史郎と玄次郎から宗武に移った。

「審判を坂上弥太郎に替える」

これまでの四試合は田安家の者が務めていた。それを、決勝戦と言える征史郎と玄次郎の試合に限り、弥太郎に任せようというのだ。海野道場の面々から動揺の声が上がった。

それを、

「控えよ」

玄次郎は一喝した。

「承《うけたまわ》ってございます」

弥太郎は凛とした声を放つと二人の側に立った。宗武は満足げにうなずき、笑みを浮かべた。

「これが、決勝である。両名共に全力をつくすよう」

弥太郎が言い、二人は改めて礼をした。

「始め！」

弥太郎の号令で征史郎と玄次郎は木刀を構えた。征史郎は上段、玄次郎は下段に構えている。

二人は、三間の間合いを取り、睨み合った。玄次郎が踏み込む機会を窺うようにすり足で身体を左右に移動させた。征史郎は板敷を踏みしめ、目だけで玄次郎の動きを追う。

玄次郎は額に汗を滲ませた。

（おかしい、身体の具合でも悪いのか）

玄次郎の動きと表情に覇気が感じられない。そればかりか、目に落ち着きもなかった。

征史郎は踏み込んだ。玄次郎は上から征史郎の木刀を叩いた。それを征史郎は跳ね上げる。玄次郎は横に走った。征史郎も追う。
それから二人は木刀を重ね合った。
鋭い音が空気を震わせた。
だが、征史郎には玄次郎の木刀から迫力が伝わってこない。
(どうしたのだ)
たまりかねたように征史郎は上段から木刀を振り下ろした。木刀は玄次郎の籠手《こて》を
打った。
「うむ」
玄次郎はがっくりとうなだれた。
「一本!」
弥太郎の声が勝負を決した。
「見事じゃ、花輪征史郎」
宗武の賞賛の声と共に、道場内の重苦しい空気が晴れた。坂上道場の面々は喜びで
湧き立った。海野道場は対照的に厳しい顔をしている。玄次郎は征史郎と宗武に礼を
すると、唇を固く結び羽目板の側に座った。
「これを以て、対抗試合は坂上道場の勝ちとなった次第じゃな。坂上道場の者どもに

は、余から褒美をつかわすぞ」

　宗武は玄次郎が敗れたにもかかわらず、極めて上機嫌だった。

　征史郎はそんな宗武と玄次郎に違和感を抱いた。


　道着を羽織、袴に着替え田安邸を引き上げようとした時、

「征史郎、宰相さまがお呼びだ」

　玄次郎が耳元で囁いた。征史郎は警戒の色を浮かべながらも、呼ばれた以上、断るわけにもいかない。

　宗武は控えの間で待っていた。宗武のほか、誰もいない。床の間を背負い、面前に座るよう目配せした。

　征史郎は座ると両手をついた。

「花輪征史郎、見事であった」

　宗武はまず、賛辞を送ってきた。征史郎は無言で頭を下げる。

「大した腕じゃ。我が剣術指南役を破るとはな」

「勝負は時の運でござります」

「謙遜するとはそのほうらしくないぞ」

宗武は鷹揚に言った。

「本日の海野殿、身体の具合でも悪かったのではないでしょうか」

「そうかな」

宗武は横を向いた。

「覇気が感じられませんでした」

「そうかの」

宗武は横を向いたまま返してくる。

「いつか、海野殿の身体が万全となった時に、相まみえたいと存じます」

「そうか、海野にはさよう伝えよう」

「よろしくお願い申し上げます」

征史郎は去ろうとした。すると、

「待て、呼んだのは、そのほうに話があるのじゃ」

宗武は改まった口調になった。征史郎は腰を落ち着けた。

「そのほうを我が家臣として召し抱えてやる」

宗武は胸を張って見せた。

「それは、ありがたきお言葉と存じますが。わたくしは田安宰相家には似つかわしくない、無骨者と存じます」

　征史郎はやわらかな笑みで返した。

「我が家臣となるは、いやか」

　宗武は語気を強めた。

「身に余る、お誘いと存じますが、お断り申し上げます」

　征史郎は笑顔を崩さないが、きっぱりと言った。

「そうか、いや、痛快じゃ」

　宗武は威厳を保つように身体を揺すって笑って見せた。

「申しわけございません」

「いや、よい。そのほう、未だ独り身であったな」

　宗武は縁談を持ちかけようというのだろう。征史郎はうなずいて肯定して見せた。

「では、余が良き縁組を世話してやろう」

　征史郎は苦笑を浮かべた。

「縁組先だが、そのほう、役方には向かん。番方の役目が良かろう。そうじゃ、大番組頭の」

　そこまで言った時、征史郎は両手をついた。

「無用にございます」

一瞬、宗武は口をあんぐりとさせた。自分に面と向かって異を唱える者など初めてのことだ。

「無用と申すか」

「はい。ご無用に願いまする」

征史郎はゆっくりと面を上げた。

「余の世話でもか」

「はい」

「余に恥をかかせるか」

宗武は屈辱に拳を震わせた。

「宰相さまに恥をかかせる、など思ってもおりません」

「断るということは、恥をかかせるということだ」

「そのように受け止められるのなら、致し方ございません」

「よいか、そのほうは、我が剣術指南役に勝った。余はそれを評価し、そのほうを取り立てるか、縁組を世話してやろうと思ったのだ。その余の気持ちが分からぬか」

宗武は高ぶる気持ちを抑えるように表情を落ち着かせた。

「お気持ちは身にしみてございます。ですが、わたくしは、わたくしの進みたい道がございます」

征史郎は臆することなく応える。

「進みたい道……。ほう」

それは、どんな道なのだと聞かれたら征史郎は答えに窮しただろう。今の自分は大岡忠光から命じられ目安番を務めるようになった。目安番の任務とは将軍家重を田安宗武を中心とする敵対勢力から守ることなのだ。

目安番を務める以上、敵対する田安宗武の恩を受けることはできない。武士道に反する。自分は兄のような立派な武士とは思っていないが、武士道に反する行いだけは死んでもしたくない。

「まあ、よいわ。そのほうの兄のためにもなると思ったのじゃがな」

「兄の出世ということでございますか」

「まあ、はっきり申せば、そういうことだ」

宗武はニヤリとした。

「兄は、わたくしの力など必要とはしません」

征史郎はさらりと返した。宗武はしばらく、征史郎を睨んでいたが、

「揃いも揃って、融通の利かぬ兄弟じゃ。後悔するぞ」

吐き捨てるように言うと、腰を上げそそくさと部屋から出て行った。征史郎は、

「やれ、やれ、我儘《わがまま》なお方だ」

おかしそうに笑うと腰を上げた。すると、

「征史郎、宰相さまのお誘い、断ったのか」

玄次郎が入って来た。

「聞いていたのですか」

「いや、宰相さまのお顔を見れば分かる」

「そんなにご機嫌斜めでしたか」

「斜めどころではない」

玄次郎はため息を漏らした。

「海野殿、宰相さまにわたしに負けよと命じられたのでしょ」

征史郎の問いかけには答えず、

「宮仕えは辛いものじゃ」

玄次郎は苦笑を浮かべた。

「ま、ご自分が選ばれた道、しっかり進みなされ」

征史郎は部屋から出た。

「征史郎、今度は負けんぞ」

玄次郎の悔しげな声が背中でした。

第九章　評　定

一

田安宗武は自邸の茶室に老中松平武元を呼んだ。

「こうなったら、強行突破するしかないだろう」

「あくまで出雲を錦小路殿殺害の下手人として評定を決するのでござりますな」

「そうじゃ」

「お言葉ですが、花輪が承知すまいと存じます」

「ふん、花輪ごときが」

宗武は征史郎の態度を思い出し、舌打ちした。が、

「評定の場で花輪なんぞに吟味をさせねばよいではないか」

ことなげに言った。

「すると、大目付加納秀乃進《かのうひでのしん》に」

「そうじゃ。あの者に任せよ」

加納秀乃進は齢七十を数える老齢の身である。老齢ゆえ、今回の錦小路殺害の一件の吟味は無理とされ、征一郎が起用された経緯がある。

「加納に前もってよく言い含めておくのじゃ」

「承知いたしました」

「これは、亡き錦小路殿のご遺志を尊重することにもなるのだ」

宗武はそっと両手を合わせた。武元も深く頭を下げ、

「そして、田安さまが将軍家をお継ぎになることも、でございます」

「うむ」

宗武はもはや、野心を隠そうとしなかった。

「そのためには、出雲を葬り、上さまにご隠居願わねばなりません」

武元も覚悟を決めたように顔からは一切の迷いを消し去った。

「頼むぞ」

「お任せください」

武元は茶を啜り上げた。


評定が開かれた。

征一郎は自邸で身を清め、月代と髭を入念に剃り、髷をきちんと結って、継裃に威儀を正して評定の間に列席した。将軍の側近中の側近、大岡出雲守忠光の吟味が行われるとあって、評定も寺社奉行、町奉行、勘定奉行という三奉行に加えて大目付、目付が関わる五手掛かりと呼ばれる、最も重い形式が取られた。

そこに、老中松平武元が陪席している。

武元が上座を占め、部屋にはコの字型に、構成員が居並んだ。みな、緊張の面持ちで忠光が現れるのを待ち構えている。評定所番に案内され、忠光がやって来た。忠光は裃に威儀を正し、月代と髭を剃り上げていた。

忠光は末席に座し、両手をついた。

御城の太鼓が昼九つ（十二時）を告げる。

「では、評定を行う」

武元が告げた。部屋には緊張が走り、皆うつむき加減になった。

「本日は、今月の十四日、伝奏屋敷において勅使錦小路有常殿殺害の一件に関する吟味を行う。殺害を企てたのはここに控えおる大岡出雲守忠光である。では、大岡の吟味を大目付加納秀乃進」

武元が告げると、征一郎は思わず目を剝いた。が、武元は素知らぬ顔で加納を促す。加納は白髪頭でよろよろと前に進み出た。武元に向かって頭を下げてから、忠光の前に座る。

「では、役儀により言葉を改める」

加納は言葉を発するのも億劫といった様子である。忠光はそれに従い、辞を低くした。

「大岡出雲守、そのほう、饗宴の席における錦小路卿の振る舞いを不遜に思い」

加納は、懐から用意してきた書状を取り出し、たどたどしい口調で読み上げた。武元が用意したものである。

饗宴における錦小路の家重に対する発言と剣舞が忠光の目には不遜なる振る舞いと映り、それを糺すため伝奏屋敷に赴いた。そこで、錦小路を追い詰め殺害に及んだ、と断じた。調書を読み上げる間、加納の言語は不明瞭を極め、時折、武元が補足するありさまだった。

「以上、相違ないな」

加納は荒い息をしながら忠光を見た。

「まったくもって、事実無根であります」

忠光は明晰な声音で返した。加納は気圧されたように身をのけ反らせた。

「さてさて、これは異なことを申すものよ」

武元は口を曲げた。

「異なことではござらん。事実を申したまで」

忠光は泰然と返す。

「しかしながら、あの晩、伝奏屋敷にそのほう以外出入りする者はおらなかったのじゃ」

武元は忠光の態度が傲慢と思ったのか語気を荒げた。

「であるが、拙者が殺めたのではない」

忠光は平然たるものだ。武元は加納に目配せした。加納はおもむろに、

「では、吟味を終わる。錦小路卿殺しは大岡出雲守の」

結論づけようとしたが、

「しばらく、しばらくお待ちくだされ」

征一郎は甲走った声を走らせ、前に進み出た。武元は待っていましたとばかりに、

「吟味を行うはそのほうではない。大目付加納秀乃進の役目じゃ」

睨みつけた。

「ですが、それがし、一件が起きて以来、一貫して取り調べの指揮を執り、吟味を行ってまいりました。今回の一件につきましては、誰よりも熟知しておるものと自負しております。それに加え、拙者、加納さまとは大きく異なる考えを持っておるのです。評定の場にて、是非、ご披露申し上げたいと存じます」

征一郎は一同に向かって頭を下げた。

「ならん」

武元はにべもなく跳ね返した。

「何故でございますか」

征一郎は声を振り絞る。忠光は冷静な目で成り行きを窺っていた。他の者たちは顔を背けたり、うなだれたりして二人の間に入ろうとはしない。

「何故も何も、評定は既に決したのじゃ」

「決してはないと存じますが」

「馬鹿なことを申すもの。吟味を行いし、加納が断を下した以上、決したと申せるではないか」

「しかしながら、今の加納さまの吟味はあまりに一方的にすぎると存じます。大岡出雲守さまは、明確に否定なさったではありませんか」

「なにを」

武元は目を吊り上げた。激高する武元に対し、征一郎は逆に冷静さを取り戻した。

「畏れ多くも、上さまの御側近くにお仕えなさるお方が明確に否定なさるのです。しかも、拙者の吟味の間も終始、殺害は否定されておられました。言を左右になさることは一切ないのであります。ここは、いま少し吟味を重ねるべきと存じます」

「いかに、出雲守とて、自分の身が可愛いであろう。それゆえ、罪を認めぬとしても不思議ではないわ」

武元は吐き捨てるように言葉を添えた。すると、それまで落ち着いて成り行きを見守っていた忠光の顔に赤みが差した。

「それがし、自分の身が可愛いと思ったことなどない。自分の身可愛さに、罪をごまかすような男ではない」

御側御用取次として将軍の全面的な信頼を受ける寵臣の言葉に、評定所はしばらく重苦しい沈黙が覆った。加納などは、早々に自分の席に戻り身を小さくしている。武元は評定の主導権が忠光に奪われてはならないと感じたのか、表情を落ち着かせた。

「言葉が過ぎたようじゃ。しかしながら、吟味は終わった。出雲守の裁許は我ら老中と若年寄に任せてもらう」

「待ってくだされ」

　征一郎は声を励ました。

「しつこいぞ、花輪！」

　武元は怒りを征一郎にぶつけた。

　征一郎は唇を嚙み、目に力を込め立ち上がった。皆、何をしでかすのだとばかりに戸惑いの視線を走らせる。武元は黙って征一郎を見た。

「畏れながら、ご一同に申し上げる。この花輪征一郎、こたびの一件につき、上さまより、格別の書付とご命令を承っております」

　征一郎は一同を見回した。囁きが漏れる。

「何を申すか」

　武元の口調はどこか弱々しいものとなった。

「花輪征一郎、忠光の無実を晴らすことを命ずる。この役目遂行に関し、何人も邪魔立てすることを許さぬ。家重」

　征一郎は家重からもらった書付を読み上げ、一同に示した。忠光は書付に向かって両手をついた。武元以下、皆それを真似た。武元が吟味の終了を告げたところで、征一郎から家重の書付を持ち出された以上、一言の発言も許さないではすまされない。

武元は力なくうなずくと、征一郎の発言を許した。

「上さまのご命令により、この花輪征一郎、錦小路卿殺しをつぶさに検証し、ついには出雲守さまの無実を確証するに至りました」

一同から大きなざわめきが起こった。

「では、これより、それをお話し申し上げます」

二

征一郎は部屋の真ん中で腰を下ろした。

「まず、錦小路有常なる公家でござりますが、京都所司代松平豊後守さまより、その人となりを示す、書状が届きましてございます」

征一郎は忠光から入手した書状を回覧した。皆、興味深げな眼で書状を読んだ。

「ご一読くだされば、お分かりいただけましたように、錦小路有常、相当なる尊皇論者にて国学者竹内式部に師事し、若い公家たちと同志を募っておりました。また、それを示す発言も饗宴の場にて行っておったと聞き及んでおります。発言するばかりか、上さまに対しても、舌戦を挑むという不届きなる行いをしたとのこと。左様、相違ござりませんでしょうな、武元さま」

征一郎に聞かれ、

「そのように記憶しておる」

武元は否定するわけにもいかず、言葉少なに肯定した。

「また、もう一点。錦小路卿につきまして、興味深い事実が明らかとなりました」

征一郎は、次いで御殿医山崎良庵の所見を回覧した。一同から驚きの声が上がった。所見を見ることができない忠光は一人怪訝な顔をしている。

「山崎殿の所見によりますと錦小路卿は重き労咳を患っておったとのこと。余命いくばくもない身であったのです」

ここで、忠光も驚きの表情を浮かべ、すぐに納得したように表情を落ち着かせた。

「つまり、錦小路卿は自害であったと推察いたします」

「自害じゃと」

驚きの声を放ったのは武元だった。武元はこれまで、錦小路殺しは忠光の仕業に相違ないと確信していたのだ。

った。

「しかし、あの部屋には……。錦小路卿が逗留なされた部屋に凶器は見当たらなかったではないか。自害であれば、凶器が残っておるはず」

これは、武元ばかりか評定の場にいる者全員の、そして、忠光も疑問に思うことだった。

「仰せの通りにござります。何を隠そう、拙者もそのことに一番悩まされました。しかし、それも、絵解きをしてみれば、まさしく、幽霊の正体見たり、枯尾花、でござりました」

征一郎は懐中から懐紙に包んだギヤマン細工の短刀を取り出した。

「これが、枯尾花でござります」

征一郎は右手で頭上に掲げた。短刀は日光を受け、ぎらりとした輝きを放った。武元は眩しげに手をかざし、

「なんじゃ？　その、妙なものは」

「ギヤマン細工の短刀でござります。もっとも、柄はなく刃渡りの箇所だけをギヤマンで造作しております。特に切っ先などは、鋭くとがり、これで刺されたらひとたま

りもないと思われます」

征一郎が言ったとき、背後で忠光がたまりかねたような声を出した。

「すまぬが、花輪殿。わたしに見せてくれぬか」

征一郎は武元に許可を求めるような視線を向けた。武元は、思案する余裕もなく反射的にうなずいた。

「どうぞ、ご覧くださりませ」

征一郎から手渡され忠光は短刀をしげしげと眺めた。

明るい陽差しに照らし出された短刀には薄っすらと赤黒い物が付着していた。

「これは」

忠光の指摘を受け、

「錦小路卿の血でござりましょう。すなわち、喉笛を貫いて付着した血痕でござります」

征一郎は一同に向き直った。

「拙者が錦小路卿の遺骸を検め、不審に思いましたのは狩衣の左袖に付着していた血の痕でした」

「そうじゃ。そのほう、そのようなこと申しておったわ」

武元は思い出したように言った。征一郎はうなずき返し、

「一方、出雲さまの脇差には血がべっとりと付いておりました。すなわち、出雲さまが錦小路卿を刺し、狩衣の袖で拭ったのではないことになります。では、袖の血痕は何を意味するのでしょう。拭った刀がなければなりません。下手人が部屋から持ち去ったとも考えられますが、あの晩は出雲さまの他、部屋に出入りした者はおりません。拙者は、念のため抜け穴もしくは天井裏から出入りしたのではと思い、調べました。抜け穴などなく、天井裏を出入りした跡もありませんでした。そこで、これが、錦小路卿の一人芝居であったなら、自害であったならどうであろうと、考えてみたのです」

征一郎は錦小路が熱烈な尊皇家であり、余命いくばくもないことを知り、自害の線を確信したことを繰り返した。

「残る、不審な点は凶器を何処へ隠したのか、ということになります。あれだけの深手、そう遠くへ捨てられたとは思えません。また、部屋からはご自分の脇差、上さまから拝領の脇差までがなくなっておりました。両方の脇差は庭から見つかりましたが、血の痕跡は一切ございませんでした。では、凶器はいずこに消えたのでしょう。そこで、辿りついたのが、このギヤマンの短刀です。ギヤマンの刀で喉笛を突き、血を拭

って、ギヤマン製の金魚鉢に入れた。短刀は透明ゆえ、一時的に隠れてしまった。つまり、部屋には凶器はない、ない以上、自害などではない。と、あくまで自分は殺されたように見せかけた。なんのためにそのような面倒なことを？　そうです。これ、すべて出雲さまに罪をかぶせるための謀略でした。わざわざ出雲さまを下手人に仕立てるために仕組んだのです」

征一郎の考えに反論を加える者はいなかった。征一郎はさらに忠光から預かった目安箱の投書を示した。

「なんということを」

武元は激しく首を横に振った。

征一郎はそれを自分の考えが受け入れられたことと受け止めた。忠光を横目で見ると、表情が和らいでいる。

「さらに、恐るべきことがございました」

征一郎は忍びに襲撃されたことを語った。

「おそらく、伊賀者と推察されます。何者かが伊賀者を雇い、証拠であるギヤマン細工の短刀を回収しようとしたのです」

「そのことである。実は、拙者も伊賀者に襲われた」

忠光はおもむろに口を開いた。もはや、忠光を罪人の目で見る者はいない。

「錦小路卿の自害の陰に、何者かがいるということです」

征一郎が言うと、武元の表情に力がない。背後にいるのは田安宗武に違いないと確信しているからだ。

「御老中、花輪殿が申したように、その陰で糸を引く者を探し出さねばなりませぬな」

忠光は余裕の笑みすら浮かべた。陰で糸を引く者が田安宗武であることは分かっている。だから、それを明らかにしようと攻勢に出たのだ。忠光の反撃が始まったと考えていい。

「しかしながら、今の伊賀者でそのような大それた働きをする者どもがおるとは思えんが」

武元はいなすように言った。一同も小首を傾げる。江戸城に詰める伊賀者を思えば、とても忍びを遂行できるとは思えない。

「では、放置しておくと申されるか」

忠光は鋭い声を放った。

「いや、そういうわけではござらんが……」

武元は曖昧に口ごもる。忠光は下座から評定の構成員を睨み回した。みな、忠光の視線を逃れるように視線を泳がせたり、横を向いたり、うつむいたりしている。険悪な空気が流れ出したことを感じ取った征一郎は、

「では、まず。大岡出雲守さまの吟味につきまして、結論を下したいと存じますが」

部屋を見回してから武元で視線を止めた。

「そうじゃな。花輪、続けよ」

武元は加納のことは眼中からなくなっていた。

征一郎は忠光の前に座り向かい合った。忠光は穏やかな表情となり、居ずまいを正す。

「大岡出雲守、そのほう、去る弥生の十四日の夜半、伝奏屋敷にて勅使である参議錦小路有常卿の死の現場を訪れしこと、相違あるまいな」

「相違ございません」

「訪れしわけは、饗宴の席における錦小路卿の上さまに対する不穏当な発言と剣舞に邪《よこしま》なる心を感じ、それを糺《ただ》そうとしたのであるな」

「左様にございます」

「では、尋ねる。そのほう、錦小路卿の死との関係やいかに」

「一切関係ございません」

忠光の明晰な声が響き渡った。もはや、それに異を唱える者はいなかった。

「以上を以て、大岡出雲守の吟味を終える」

征一郎が言うと、忠光は両手をついた。征一郎は一同に向き直った。

「尚、錦小路卿の死に関しましては先ほど拙者が明らかに致したごとくにござります」

「うむ、ご苦労であった。御一同、大岡出雲守、無実であること異議ございませんな」

武元は先ほどまでとは態度を一変させた。みな、大きく、「ござりません」と唱和した。

「出雲殿。無実が明らかとなった。まずは、めでたい」

武元は忠光に笑みを送った。その笑いには、媚の色が浮かんでいる。忠光が無罪放免となった以上、家重が将軍に留まることは明白である。家重、忠光の体制が保たれれば、田安宗武の将軍継承はなくなった。ここは、忠光にすり寄る方がいい。

「めでたくはござらん」

忠光は憮然と言い返す。冷然と武元を拒絶する態度だ。武元は額に脂汗を滲ませた。

立場逆転である。

「お怒りごもっともではありますが、本日のところは」

この武元の言葉は忠光に遮られた。

「いや、わたしが申すのは、先ほどの続き。すなわち、伊賀者を雇った者を突きとめるべきということです」

忠光はむし返した。武元は困惑の表情である。すると、濡れ縁を慌ただしく足音が近づいた。評定所番が、

「大事が出来《しゅったい》致しました」

濡れ縁で両手をついた。

「落ち着け。何事であるか」

忠光が聞いた。もはや、評定の場を仕切るのは忠光である。

三

「門前で切腹でございます」

評定所番は唇を震わせた。

「切腹！」

一同が驚きの声を上げる中にあって、征一郎と忠光だけは表情を落ち着かせている。

「何者であるか」

征一郎の問いかけに、評定所番は一通の書付を手渡した。征一郎は一瞥した。表情が厳しくなる。忠光も鋭い視線を向ける。

「自害したのは、脇田金吾、錦小路卿の公家侍です。そして、これは、その者の遺書。忍びを雇ったのは自分と記されております。さらに、饗応の際、錦小路卿が出雲さまの脇差を庭に落とし、自分が血糊を付けたとも記されております」

征一郎の言葉に武元が素早く反応した。

「これで、落着ですな。すべては錦小路卿の一人芝居であったのでござる。すなわち、錦小路卿の自害を隠蔽することがその脇田と申す者の役割ということでござりましょう。いわば、役割を果たしたわけでござる」

武元は断じた。

「そうは、言い切れるものか」

忠光は納得できないようである。征一郎も思いは同じだが、反論の材料はない。脇田を追及しようにも死人に口なしである。

「こたびのこと、京都所司代を通じ、朝廷に報告申し上げることと致す」

武元の悲痛な声が評定を締めくくった。

忠光は征一郎から脇田の遺書を渡され、視線を落とした。

「なるほど」

思わずといった具合に言葉が出た。その内容ではなく、その字である。それは、目安箱に投書された一連の不穏な投書の文字と同じだった。物証は、今回の一件があくまで、錦小路と脇田が仕組んだものということを示すことになる。

すなわち、二人の所業として葬られることになるであろう。

「出雲さま。桜がもう散りゆきますぞ」

征一郎は濡れ縁に立った。庭に咲く桜の花びらが風に運ばれてくる。皆、評定が決したことの安堵感からか、表情を和らげている。

「では、わたしは上さまのもとへ」

忠光は立ち上がった。

その日、征史郎は征一郎に呼ばれた。

書斎に入って行くと、

「おう、座れ」

征一郎は馬鹿に機嫌が良い。それを見れば、評定がうまくいったことが分かった。うまくいったということはすなわち忠光の無実を晴らしたということだ。

「本日、上さまより賜った」

征一郎は三つ葉葵の御紋入りの紫の袱紗包みを恭しく征史郎の前に置いた。征史郎は、「ほう」と言ったきり言葉を飲み込んだ。

「なんだ、もっと、ありがたがるものじゃ」

征一郎はむっとしたが、すぐに気を取り直し、笑みを浮かべた。

「大岡出雲守さまの無実を晴らした褒美としてな、感状と共に下賜してくだされた」

征一郎は得意げな顔で袱紗包みを広げた。

「おお」

「なんじゃ、金を見たら目の色を変えおって」

征一郎は苦笑した。そこには、切り餅と呼ばれる小判の紙包みがあった。

「金百両だ」

「百両!」

「大きな声を出すな」

「でも、百両ですよ」

「分かっておる。おまえを呼んだのは、こたびの働き、おまえの助けもあった。それでな、半分の五十両をやろうと思ったのじゃ」

「半分も、よろしいので」

征史郎は満面の笑みをたたえる。

「ああ、遠慮するな」

「ありがとうございます」

「よいか、上さまより下賜された金だ。おろそかに使っては不忠であるぞ」

「分かっております。公方さま、ありがとうございます」

征史郎は両手をついた。そして、五十両を受け取ろうと両手を差し出した。ところが、

「では、受け取れ」

と、征一郎が渡してくれたのは二十五両にすぎない。

「あの、百両の半分は五十両ですが」

征史郎はお代わりをし損なったような心持ちになった。

「分かっておる。あとの二十五両は志保に預けておく」

「そうじゃ。おまえに全部やってはろくな使い方をせぬこと、目に見えておるからな。ははは」

「姉上に、ですか」

征一郎は肩を揺すって笑った。征史郎は舌打ちしたが、激務から解き放たれた征一郎の清々《すがすが》しい笑顔を見ていると、自然と笑みがこぼれた。


翌朝、征史郎はもらった二十五両のうち、十二両と二分をより分けた。これは、吉蔵にやろう。今回は忠光から礼金をもらうことは期待薄だ。これまで、目安番の謝礼としてもらった金は吉蔵と等分にしてきている。

今回は忠光からの礼金ではないが、征一郎の働きに貢献できたのは吉蔵の働きもある。それに、怪我の見舞いにもなるだろう。

それと、残る十二両と二分のうち、十両を坂上道場に届けることにした。そう決めると心が浮き立った。勝虫小紋の小袖に草色の袴を穿き髪と髭を整える。二尺七寸の大刀を腰に差し屋敷を出た。桜は散り、季節は初夏へ向かおうとしている。

征史郎は足取りも軽やかに坂上道場へと向かった。

　こうして、錦小路自害の騒動は落着へ向け動き出した。宗武は広橋兼胤と尾張徳川宗勝、それに老中松平武元を自邸の茶室に招いた。錦小路の死が自害と落着し、広橋が京に戻ることを受け、お別れの茶会ということだ。

　茶室には沈んだ空気が漂っている。錦小路有常が自害と落着し、忠光は嫌疑を逃れた。これにより、忠光は家重の側を去らず、従って将軍の交代もなくなったのである。さぞや、宗武は意気消沈していると思いきや、目を爛々と輝かせ、端然と茶を点てている。

　武元は評定の場で忠光を追いこめなかったことに後ろめたさを感じるのか、一人小さくなっていた。そんな武元の気持ちを逆撫でするように、

「評定でとんだ失態をしたものじゃ」

　宗勝は顔をしかめた。

「申しわけございません」

　武元は両手をつく。

「ふがいないものよ」

　宗勝は気持ちが収まらないのか、蒸し返そうとした。

「お言葉ですが、それがしとて、まさか錦小路卿の死が出雲を追いこむために行った

ご自分の狂言とは思ってもおりませんでした。てっきり、出雲が殺めたものと。それゆえ」

武元は必死で抗弁した。宗勝は尚も収まらないようだったが、

「まあ、もうすんだことだ。それに、本日は広橋卿の送別の茶会ですぞ」

宗武は悠然と制した。宗勝も宗武がそう言う以上、口をつぐんだ。広橋は軽く頭を下げた。

「桜は散ったが、我が願いは夢と消えたわけではない」

「そうですとも」

宗武の言葉を宗勝が引き取った。

「どうであろう、錦小路殿の一件の報告もある。余は広橋殿と共に、上洛しようと思うが。もちろん、お忍びだ。将軍の弟が上洛するとなれば、莫大な路銀を要するからな」

宗武は武元を見た。

「それは、老中や若年寄どもにも諮《はか》らねば」

「よいお考えと思うぞ。これを機に、都との繋がりを強めることは宗武殿の将来のためになる」

宗勝は賛同した。

「わたくしも、田安殿がご一緒であれば、心強うございます」

広橋も顔を輝かせた。

四

征史郎は道場の近くにやって来た。薄曇りの空が広がっている。今にも、雨粒が落ちてきそうだ。財布の中の十両を確かめる。小判のずしりと固い感触が掌を伝う。早苗の笑顔を心に浮かべ、門を潜ろうとした。すると、

「征史郎」

門の脇から海野玄次郎が現れた。今日はいつもの気取った格好ではなく、黒地の着物に仙台平の袴という地味ななりだ。征史郎は黙って視線を向けた。

「勝負をしようぞ」

「この前の決着にございますか」

「そうじゃ。あのままでは、収まりがつかん」

「承知しました」

征史郎は道場に入ろうとした。ところが、

「待て、道場ではせぬ」

「すると」

征史郎は怪訝な顔をする。

「真剣で行う。道場では真剣では立ち合えぬからな」

玄次郎は不敵な笑みを返してきた。征史郎は無言で見返した。その意味するところは明らかだ。命のやり取りである。玄次郎とすれば、心ならずも宗武の命で征史郎に負けた。不本意なまま、引き下がっていたのでは剣に生きる者として名折れである。

しかし、命のやり取りとなると。

「どうした、臆したか」

「そういうわけではござらんが」

「臆したのであろう。木刀を手にやらせの勝負でないとわしには勝てぬのだろうからな。ふん」

玄次郎は意地の悪い言葉と皮肉な笑いを浴びせてきた。

「そこまで、言われるのなら」

征史郎はもはや、躊躇《ためら》う気持ちをなくした。玄次郎は踵を返すと、足早に寺町通りを浅草寺に向かって歩き始めた。正月に、征史郎と立ち合いをした火除け地を目指しているようだ。

二人は口をきかず、往来を急いだ。道行く者たちは殺気だった無骨な二人を避けるように両端に散った。やがて、二人は火除け地に入った。

それを待っていたかのように大粒の雨が降り出した。

二人は、向かい合わせに立つと袴の股立ちを取り、刀の下げ緒で襷掛けにした。

「行くぞ！」

玄次郎は大声を発すると同時に抜刀した。征史郎も抜く。二人は相正眼に構えた。

冷たい雨が二人の頬を伝う。だが、二人ともそれを拭おうともせず、睨み合った。

やがて、玄次郎が斬り込んで来た。大上段から振り下ろされた刀を征史郎は受け止め、力を込めて押し返す。玄次郎は草むらを踏みしめた。

「とうりゃ！」

征史郎は刀の柄に全力を込め、玄次郎を押しやった。玄次郎の身体が草むらを滑るように動いた。と、同時に、腰の小刀を征史郎に向かって投げつけてきた。小刀はまっすぐに征史郎の顔めがけて飛んで来た。

征史郎は咄嗟に大刀で叩き落とした。

その間に、玄次郎は体勢を立て直し、向かってくる。今度は下段からの斬り上げである。稲妻のような激しさだ。征史郎は後方に退きながら攻撃を防いだ。やがて、背中に壁のようなものがぶつかった。杉の大木だ。

玄次郎は大刀を横に一閃させた。征史郎は横に飛び退く。同時に、草むらを走った。すぐに、玄次郎も追いかけてくる。

二人は、再び相正眼となって向かい合う。すると、

「やめてください!」

早苗の悲鳴が風雨をつんざいた。征史郎は思わず声のする方を見た。玄次郎も大刀を下ろした。早苗は濡れ鼠になりながら、走り寄って来た。

「早苗殿、これは、わたしと征史郎とのことです」

玄次郎は静かに言った。

「やめてください。海野殿は、今は道場を別に構えておられますが、父の下で剣術修行をなさったではありませんか。同門に学んだ者同士が命のやり取りなど、父が知ればどれほど悲しむことでございましょう」

早苗は髪を振り乱した。化粧気のない顔は青白く歪み、薄く紅を引いた唇からは紅が剝げ、紫色に震えている。征史郎は早苗をこのような姿にしたことに胸が痛んだ。

「すまん。早苗殿の言われる通りだ」

　征史郎は大刀を鞘に戻した。大刀を手にしていない者を斬るわけにもいかず、玄次郎も鞘に納める。

「征史郎、勝負はまたじゃ」

「はい。しかし、今度は木刀で、剣術の試合として行いましょうぞ」

「それは、約束できん。ま、今日のところは早苗殿の顔を立てる。征史郎、早苗殿のおかげで命拾いをしたな」

　玄次郎は薄く笑った。

「では、いずれ」

　征史郎は軽く頭を下げた。玄次郎は去ろうとして、

「早苗殿、征史郎の命を助けたのだ。なんか、礼でもしてもらうことですな。芝居見物にでも連れて行ってもらってはいかがか」

　早苗に声をかけた。早苗は小さくうなずいた。

　雨で煙る草むらを玄次郎は足早に去って行く。背中が心なしか寂しそうだった。

「よく、ここが分かりましたね」

「道場の門の近くで、お二人をお見かけしたのです。てっきり、道場にいらっしゃる

ものと、お待ちしておりましたのに、いつまでも、やって来られません。それで、よもやと、心配になりまして」

　早苗は必死で二人を探したのだと言う。

　征史郎は早苗を抱きしめたくなった。が、早苗の口からくしゃみが漏れた。

「いけませんな。お風邪を召しては」

　征史郎は促し、道場に向かった。

「海野殿から言われたからではないのですが、是非、お礼をさせてください」

「そんな、お心遣いはいりません。わたくしは、同門の者同士の争いを止めたかったのですから」

「ですが、このままでは、わたしの気持ちが収まりません」

　征史郎が言うと、早苗は足を止め征史郎を見上げた。

「では、芝居見物にでもお連れいただこうかしら」

「そういえば、仮名手本忠臣蔵にお連れする約束をしたきりでしたね」

「征史郎さまはお嫌いですか」

「いいえ、大好きですよ」

　征史郎は、判官切腹の場を再現するように、

「由良助、待ちかねた！」

と、見得を切って見せた。

早苗はくすりと笑った。雨の中、濡れ鼠となった早苗はこれまで見たこともない、妖しい美しさを立ち上らせている。征史郎は吸い込まれそうな気持ちを、

「さあ、急ぎましょう」

振り払うように歩き始めた。

終章

四月の半ばになり、若葉が芽吹いた頃、征史郎は浮きたつ思いを隠しきれないでいる。夕暮れを迎え、珍しく酒も飲まずに明日の身支度を整えていた。明日の朝、早苗と芝居見物に行くことになったのだ。

自然と頰を緩ませ、部屋の掃除にいそしんでいる。早苗がこの家にやって来るわけではないのだが、じっとしていられないのだ。鼻歌まじりに、はたきを掛けていると格子戸を叩く音がした。

「入れ」

征史郎は陽気に声を放った。

「御免なさい」

棒手振りの魚売りが入って来た。吉蔵である。

「おお、もう、足は良くなったのか」

「ええ、おかげさまで」

吉蔵は右足を伸ばしたり縮めたりして見せた。

征史郎は吉蔵を導き、上がり框に並んで腰かけた。

「どうしたんです、馬鹿にうれしそうですね」

吉蔵に言われ、

「別に、そんなことはない」

「そうですかね。隠し事はしないでくださいよ」

「何もない。それより、どうした?」

吉蔵は笑顔を引っ込めた。それを見れば、忠光から指令が出たことが予想される。

「大岡さまからお呼び出しです」

「まさか、明日か」

征史郎は思わず大声を出した。吉蔵は驚き、

「明日ですけど、まずいんですか」

「いや、まあ、その、大会があるんでな」

「大食い大会ですか、今度はなんです？」

吉蔵は驚きの表情を引っ込めた。

「ええっと、なんだっけな。そうだ、赤飯だ」

「赤飯、それはまた、おめでたい」

「まあな。で、時刻は夕刻だろ」

征史郎は探るような目をした。

「ええ、暮れ六つに吉林です」

「分かった。ひょっとして、遅れるかもしれんが、その時は先にやっててくれ」

「そういうわけにはいきませんよ。相手は大岡出雲守さまですよ。御側御用取次でいらっしゃるんですよ」

吉蔵は顔をしかめた。

「分かったよ。行くよ。遅れずに。で、今度はどんな御役目なんだろうな」

「それが、仁大寺の住持法源和尚からの訴えだそうです」

「法源和尚……。誰だっけ」

征史郎はいぶかしんだ。

「ほれ、正月に若が出場した餅の大食い大会で」

「ああ、あの餅好きの。たしか、餅を喉に詰まらせて大騒ぎになったんだ。おかげで、おれは、優勝しそこなった」

征史郎は両手で喉を押さえた。

「そう、そのお偉い和尚さまですよ」

「へえ、どんな訴えだ？　まさか、もっとうまい餅を作れとか、喉に詰まらない餅を作れ、なんて嘆願じゃないだろうな」

征史郎は軽口を叩いた。が、吉蔵は真顔である。征史郎も表情を引き締めた。

「詳しいことは聞いてませんが、先月末に亡くなられた京都所司代松平豊後守さまについて、よからぬ噂があるとのことなんだそうです。ご自分が修行してらした京の知恩院からそのような報せが届いたと」

京都所司代松平豊後守資訓は先月の二十六日、急な病で死んだ。

「よからぬ噂とは、まさか、殺された、とか」

征史郎は錦小路の一件の直後のことだけに、

「それ以上のことは分かりません。明日、大岡さまからお話しになると思います。それと、田安卿がお忍びで上洛なさるそうですよ」

うですよ」

「錦小路卿の自害でぎくしゃくしそうになっている朝廷との関係を修復するためだそうですよ」

「なんのために」

「あの、お方が上洛されたら……」

征史郎は宗武が上洛し朝廷となにやらよからぬ企てをするような気がしてならない。

忠光の呼び出しは、宗武上洛を見据えてのことに違いないだろう。

松平資訓の死と宗武の上洛は繋がりがあるのであろうか。

征史郎は早苗との芝居見物に水を注された思いがした。

が、ともかく、

(明日は早苗殿と芝居見物だ)

征史郎は外に出ると、胸一杯に息を吸った。早苗の甘い香りが思い出された。

時代小説
二見時代小説文庫

虚飾《きょしょく》の舞《まい》 目安番《めやすばん》こって牛征史郎《うしせいしろう》3

著者 早見《はやみ》 俊《しゅん》
発行所 株式会社 二見書房
東京都千代田区三崎町二—一八—一一
電話 〇三—三五一五—二三一一 [営業]
〇三—三五一五—二三一三 [編集]
振替 〇〇一七〇—四—二六三九
印刷 株式会社 堀内印刷所
製本 ナショナル製本協同組合

 ISBN978—4—576—08130—4
http://www.futami.co.jp/

二見時代小説文庫

憤怒の剣　目安番こって牛征史郎
早見 俊［著］

直参旗本千石の次男坊に将軍家重の側近・大岡忠光から密命が下された。六尺三十貫の巨躯に優しい目の快男児・花輪征史郎の胸のすくような大活躍！

誓いの酒　目安番こって牛征史郎2
早見 俊［著］

大岡忠光から再び密命が下った。将軍家重の次女が輿入れする喜多方藩に御家騒動の恐れとの投書の真偽を確かめよという。征史郎は投書した両替商に出向くが…

虚飾の舞　目安番こって牛征史郎3
早見 俊［著］

目安箱に不気味な投書。江戸城に勅使を迎える日、忠臣蔵以上の何かが起きる―将軍家重に迫る刺客！征史郎の剣と兄の目付・征一郎の頭脳が策謀を断つ！

栄次郎江戸暦　浮世唄三味線侍
小杉健治［著］

吉川英治賞作家の書き下ろし連作長編小説。田宮流抜刀術の名手矢内栄次郎は部屋住の身ながら三味線の名手。栄次郎が巻き込まれる四つの謎と四つの事件。

間合い　栄次郎江戸暦2
小杉健治［著］

敵との間合い、家族、自身の欲との間合い。一つの印籠から始まる藩主交代に絡む陰謀。栄次郎を襲う凶刃の嵐。権力と野望の葛藤を描く渾身の傑作長編。

見切り　栄次郎江戸暦3
小杉健治［著］

剣を抜く前に相手を見切る。過てば死―何者かに襲われた栄次郎！彼らは何者なのか？なぜ、自分を狙うのか？武士の野望と権力のあり方を鋭く描く会心作！

二見時代小説文庫

日本橋物語　蜻蛉屋お瑛
森　真沙子［著］

この世には愛情だけではどうにもならぬ事がある。土一升金一升の日本橋で店を張る美人女将が遭遇する六つの謎と事件の行方……心にしみる本格時代小説

迷い蛍　日本橋物語2
森　真沙子［著］

御政道批判の罪で捕縛された幼馴染みを救うべく蜻蛉屋の美人女将お瑛の奔走が始まった。美しい江戸の四季を背景に人の情と絆を細やかな筆致で描く第2弾

まどい花　日本橋物語3
森　真沙子［著］

〝わかっていても別れられない〟女と男のどうしようもない関係が事件を起こす。美人女将お瑛を捲き込む新たな難題と謎…。豊かな叙情と推理で描く第3弾

秘め事　日本橋物語4
森　真沙子［著］

人の最期を看取る。それを生業とする老女瀧川の告白を聞き、蜻蛉屋女将お瑛の悪夢の日々が始まった…なぜ瀧川は掟を破り、触れてはならぬ秘密を話したのか？

夏椿咲く　つなぎの時蔵覚書
松乃　藍［著］

父は娘をいたわり、娘は父を思いやる。秋津藩の藩金不正疑惑の裏に隠された意外な真相！鬼才半村良に師事した女流が時代小説を書き下ろし

桜吹雪く剣　つなぎの時蔵覚書2
松乃　藍［著］

藩内の内紛に巻き込まれ、故郷を捨て名を改め、江戸にて貸本屋を商う時蔵。春…桜咲き誇る中、届けられた一通の文が、二十一年前の悪夢をよみがえらせる…

仕官の酒　とっくり官兵衛酔夢剣
井川香四郎［著］

酒には弱いが悪には滅法強い！　藩が取り潰され浪人となった官兵衛は、仕官の口を探そうと亡妻の忘れ形見・信之助と江戸に来たが…。新シリーズ

ちぎれ雲　とっくり官兵衛酔夢剣2
井川香四郎［著］

江戸にて亡妻の忘れ形見の信之助と、仕官の口を探し歩く徳山官兵衛。そんな折、吉良上野介の家臣と名乗る武士が、官兵衛に声をかけてきたが……。

斬らぬ武士道　とっくり官兵衛酔夢剣3
井川香四郎［著］

仕官を願う素浪人に旨い話が舞い込んだ―奥州岩鞍藩に、藩主の毒味役として仮仕官した伊予浪人の徳山官兵衛。だが、初めて臨んだ夕餉には毒が盛られていた。

水妖伝　御庭番宰領
大久保智弘［著］

信州弓月藩の元剣術指南役で無外流の達人鵜飼兵馬を狙う妖剣！　連続する斬殺体と陰謀の真相は？　時代小説大賞の本格派作家、渾身の書き下ろし

孤剣、闇を翔ける　御庭番宰領
大久保智弘［著］

時代小説大賞作家による好評「御庭番宰領」シリーズ、その波瀾万丈の先駆作品。無外流の達人鵜飼兵馬は公儀御庭番の宰領として信州への遠国御用に旅立つ。

吉原宵心中　御庭番宰領3
大久保智弘［著］

無外流の達人鵜飼兵馬は吉原田圃で十六歳の振袖新造・薄紅を助けた。異様な事件の発端となるとも知らずに……ますます快調の御庭番宰領シリーズ第3弾

初秋の剣　大江戸定年組

風野真知雄［著］

現役を退いても、人は生きていかねばならない。人生の残り火を燃やす元・同心、旗本、町人の旧友三人組が厄介事解決に乗り出す。市井小説の新境地！

菩薩の船　大江戸定年組2

風野真知雄［著］

体はまだつづく。やり残したことはまだまだある。引退してなお意気軒昂な三人の男を次々と怪事件が待ち受ける。時代小説の実力派が放つ第2弾！

起死の矢　大江戸定年組3

風野真知雄［著］

若いつもりの三人組のひとりが、突然の病で体の自由を失った。意気消沈した友の起死回生と江戸の怪事件解決をめざして、仲間たちの奮闘が始まった。

下郎の月　大江戸定年組4

風野真知雄［著］

隠居したものの三人組の毎日は内に外に多事多難。静かな日々は訪れそうもない。人生の余力を振り絞って難事件にたちむかう男たち。好評第4弾！

金狐の首　大江戸定年組5

風野真知雄［著］

隠居三人組に奇妙な相談を持ちかけてきた女は、大奥の秘密を抱いて宿下がりしてきたのか。女の家を窺う怪しげな影。不気味な疑惑に三人組は…。待望の第5弾

善鬼の面　大江戸定年組6

風野真知雄［著］

能面を被ったまま町を歩くときも取らないという小間物屋の若旦那。その面は、「善鬼の面」という逸品らしい。奇妙な行動の理由を探りはじめた隠居三人組は…

二見時代小説文庫

山峡の城　無茶の勘兵衛日月録

浅黄 斑［著］

藩財政を巡る暗闘に翻弄されながらも毅然と生きる父と息子の姿を描く著者渾身の感動的な力作！　本格ミステリ作家が長編時代小説を書き下ろし

火蛾の舞　無茶の勘兵衛日月録2

浅黄 斑［著］

越前大野藩で文武両道に頭角を現わし、主君御供番として江戸へ旅立つ勘兵衛だが、江戸での秘命は暗殺だった……。人気シリーズの書き下ろし第2弾！

残月の剣　無茶の勘兵衛日月録3

浅黄 斑［著］

浅草の辻で行き倒れの老剣客を助けた「無茶勘」こと落合勘兵衛は、凄絶な藩主後継争いの死闘に巻き込まれていく……。好評の渾身書き下ろし第3弾！

冥暗の辻　無茶の勘兵衛日月録4

浅黄 斑［著］

深傷を負い床に臥した勘兵衛。彼の親友の伊波利三は、ある諫言から謹慎処分を受ける身に。暗雲が二人を包み、それはやがて藩全体に広がろうとしていた。

刺客の爪　無茶の勘兵衛日月録5

浅黄 斑［著］

邪悪の潮流は越前大野から江戸、大和郡山藩に及び、苦悩する落合勘兵衛を打ちのめすかのように更に悲報が舞い込んだ。大河ビルドンクス・ロマン第5弾

密謀 十兵衛非情剣
江宮隆之［著］

近江の鉄砲鍛冶の村全滅に潜む幕府転覆の陰謀。柳生三厳の秘孫・十兵衛は、死地を脱すべく秘剣をふるう。気鋭が満を持して世に問う、冒険時代小説の白眉。

逃がし屋 もぐら弦斎手控帳
楠木誠一郎［著］

隠密であった記憶を失い、長屋で手習いを教える弦斎。旧友の捜査日誌を見つけたことから禍々しい事件に巻き込まれてゆく。歴史ミステリーの俊英が放つ時代小説

ふたり写楽 もぐら弦斎手控帳2
楠木誠一郎［著］

手習いの師匠・弦斎が住む長屋の大家が東洲斎写楽の浮世絵を手に入れた。だが、落款が違っている。版元の主人・蔦屋重三郎が打ち明けた驚くべき秘密とは…

暗闇坂 五城組裏三家秘帖
武田櫂太郎［著］

雪の朝、災厄は二人の死者によってもたらされた。伊達家六十二万石の根幹を蝕む黒い顎が今、口を開きはじめた。若き剣士・望月彦四郎が奔る！

二見時代小説文庫

木《こ》の葉《は》侍 口入れ屋 人道楽《ひとどうらく》帖

花家圭太郎［著］

腕自慢だが一文なしの行き倒れ武士が、口入れ屋に拾われた。江戸で生きるにゃ金がいる。慣れぬ仕事に精を出すが……名手が贈る感涙の新シリーズ！

快刀乱麻 天下御免の信十郎1

幡 大介［著］

二代将軍秀忠の世、秀吉の遺児にして加藤清正の猶子、波芝信十郎の必殺剣が擾乱の策謀を断つ！雄大な構想、痛快無比！火の国から凄い男が江戸にやってきた！

影法師 柳橋の弥平次捕物噺

藤井邦夫［著］

南町奉行所吟味与力秋山久蔵と北町奉行所臨時廻り同心白縫半兵衛の御用を務める岡っ引、柳橋の弥平次の人情裁き！　気鋭が放つ書き下ろし新シリーズ

祝い酒 柳橋の弥平次捕物噺2

藤井邦夫［著］

岡っ引の弥平次が主をつとめる船宿に、父を探して年端もいかぬ男の子が訪ねてきた。だが、子が父と呼ぶ直助はすでに、探索中に憤死していた……。